Chouette t'aide à progresser !

3e

14-15 ANS

W0304665

Maths

Gérard Bonnefond
Daniel Daviaud
Bernard Revranche

Hatier

© Hatier, Paris, 2022 – ISBN : 978-2-401-08500-8

TON TABLEAU DE BORD

Reporte la date à laquelle tu as fini chaque chapitre et coche la case qui correspond à ton résultat.

Édition : Stéphanie Herbaut
Maquette de principe : Studio Favre & Lhaïk
Cartes mentales : Domino
Illustrations : Clémence Itssaga, Stéphanie Lezziero, Stéphane Mattern, Patrick Morize (dessins de la chouette)
Mise en pages et schémas : Grafatom

Achevé d'imprimer en France par IPS à Pacy-sur-Eure

Dépôt légal n°08500-8/01 - Mars 2022

PAPIER À BASE DE FIBRES CERTIFIÉES

Hatier s'engage pour l'environnement en réduisant l'empreinte carbone de ses livres. Celle de cet exemplaire est de : 500 g éq. CO_2 Rendez-vous sur www.hatier-durable.fr

IMPRIM'VERT Votre imprimeur agit pour l'e...

EN COMPLÉMENT

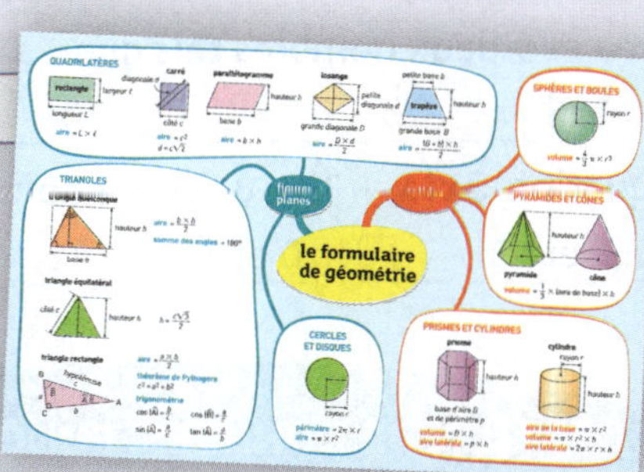

Les mémos

> dans les rabats de couverture

- Le formulaire de géométrie
- Les puissances
- L'art de programmer
- Les unités de mesure

> à la fin du cahier

- Les mots clés

Le livret des corrigés

> au centre du cahier

- Tous les **CORRIGÉS** des exercices, avec des explications
- Des informations « spécial parents »

ENTRAÎNE-TOI AUSSI SUR LE SITE

hatier-entrainement.com avec :

des **exercices** interactifs
classés par thème du programme

> Flashe ce QR code pour accéder au site :

Test

Pour bien démarrer ton entraînement…

1 Réponds aux questions du test.

2 Utilise le corrigé page 2 du livret pour vérifier tes réponses.

3 En cas d'erreur, entoure le n° du chapitre : il est à réviser en priorité.

NOMBRES ET CALCULS

		CHAPITRE
1	L'expression $(x-2)(4x+1)$ est égale à : ☐ **a.** $4x^2-2$ ☐ **b.** $4x^2-7x-2$ ☐ **c.** $4x^2+9x-2$	1 p. 6
2	L'expression $3x^2-x$ est égale à : ☐ **a.** $x(3x-1)$ ☐ **b.** $x(3x)$ ☐ **c.** $2x^2$	2 p. 8
3	Le nombre qui, diminué de 5, est égal à sa moitié augmentée de 15 est : ☐ **a.** 25 ☐ **b.** – 20 ☐ **c.** 40	3 p. 10
4	10^{-3} est égal à : ☐ **a.** 0,0001 ☐ **b.** – 30 ☐ **c.** $1 \div 10^3$	4 p. 12
5	L'écriture scientifique de 2023 est : ☐ **a.** $2{,}023 \times 10^3$ ☐ **b.** $2{,}023 \times 10^{-3}$ ☐ **c.** $20{,}23 \times 10^2$	5 p. 14
6	Le nombre 123 456 789 est : ☐ **a.** composé ☐ **b.** premier ☐ **c.** trop grand pour que l'on puisse répondre	6 p. 16
7	En rendant irréductible la fraction $\frac{418}{266}$, on obtient : ☐ **a.** $\frac{22}{14}$ ☐ **b.** $\frac{11}{7}$ ☐ **c.** $\frac{209}{133}$	7 p. 18
8	$\sqrt{36}$ est égal à : ☐ **a.** 6^2 ☐ **b.** 6 ☐ **c.** 18	8 p. 20
9	Soit a et b deux nombres tels que : $a-b=6$ et $a^2-b^2=120$. Alors $a+b$ est égale à : ☐ **a.** 126 ☐ **b.** 20 ☐ **c.** 720	9 p. 22
10	L'équation $2x(x+1)=0$ a pour solutions : ☐ **a.** 2 et –1 ☐ **b.** 0 et 1 ☐ **c.** –1 et 0	10 p. 24

GESTION DE DONNÉES, FONCTIONS

		CHAPITRE
11	Un livre qui valait 35 € coûte maintenant 7 % de plus. Son nouveau prix s'obtient en multipliant 35 par : ☐ **a.** 1,07 ☐ **b.** 1,70 ☐ **c.** 7 %	11 p. 26
12	Une fonction affine h est définie par $x \mapsto ax+8$. D'autre part, $h(3)=2$. Alors a est égal à : ☐ **a.** $\frac{2}{3}$ ☐ **b.** – 2 ☐ **c.** 8	12 p. 28
13	Un sac contient 3 boules noires, 4 boules blanches, 5 boules jaunes et 1 boule bleue. On prend au hasard une boule. La probabilité d'obtenir une boule qui ne soit pas verte est : ☐ **a.** $\frac{13}{8}$ ☐ **b.** 1 ☐ **c.** 0	13 p. 30
14	Pour une série statistique, l'étendue est : ☐ **a.** une médiane ☐ **b.** la moyenne ☐ **c.** l'écart des valeurs extrêmes	14 p. 32

GÉOMÉTRIE ET MESURES

CHAPITRE

15 Sachant que (AB) // (CD), OA = 2, OB = 3 et OC = 4, on en déduit que OD est égal à :

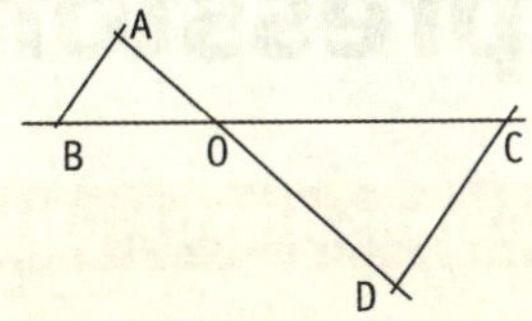

☐ a. $\frac{8}{3}$ ☐ b. 5 ☐ c. 6

15 p. 34

16 Pour que (EF) et (BD) soient parallèles, il suffit que AE soit égal à :

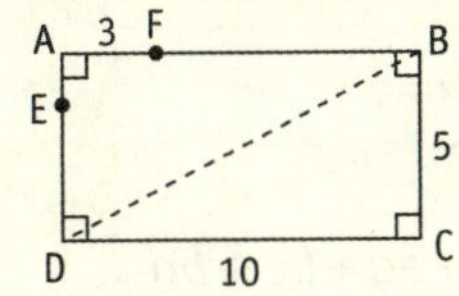

☐ a. 1,5 ☐ b. 3 ☐ c. 4

16 p. 36

17 Le triangle AOC est l'image du triangle BOA par la rotation de centre O, dans le sens des aiguilles d'une montre et d'angle :

☐ a. 100° ☐ b. 120° ☐ c. 144°

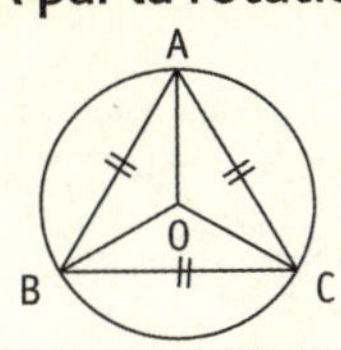

17 p. 38

18 Le côté CD de cette figure mesure :

☐ a. 9 ☐ b. 8 ☐ c. 18

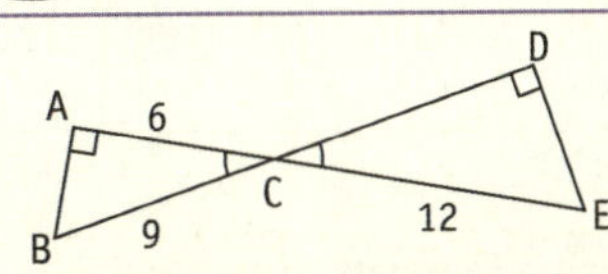

18 p. 40

19 La hauteur d'un triangle équilatéral de côté 6 cm mesure (à 0,01 cm près) :

☐ a. 5,20 cm ☐ b. 2,60 cm ☐ c. 4,32 cm

19 p. 42

20 Sur la figure, le côté NO est égal à :

☐ a. $\frac{50}{3}$ ☐ b. 6 ☐ c. 8

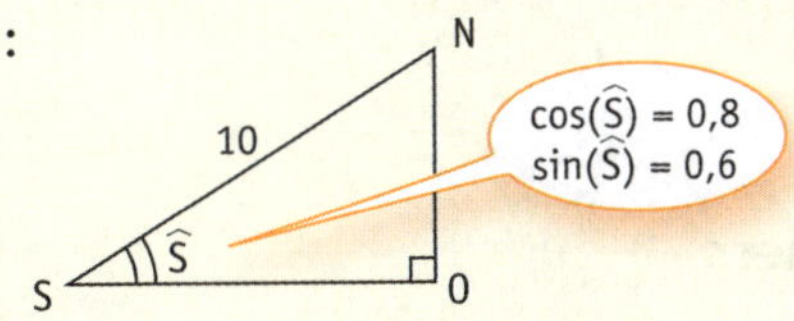

20 p. 44

21 Â est un angle aigu et cos(Â) = 0,96. Alors sin(Â) est égal à :

☐ a. 0,04 ☐ b. 1,4 ☐ c. 0,28

21 p. 46

22 Une boule a 13 cm de diamètre. Son volume est :

☐ a. strictement supérieur à 1 litre
☐ b. égal à 1 litre
☐ c. strictement inférieur à 1 litre

22 p. 48

23 La section d'un cylindre par un plan parallèle à l'axe du cylindre est :

☐ a. un disque ☐ b. un rectangle ☐ c. un triangle rectangle isocèle

23 p. 50

24 Un avion se déplace à 280 m/s.
Alors sa vitesse est :

☐ a. supérieure à 1 000 km/h
☐ b. égale à 1 000 km/h
☐ c. inférieure à 1 000 km/h

24 p. 52

ALGORITHMIQUE ET PROGRAMMATION

CHAPITRE

25 Si on exécute ces instructions de Scratch :

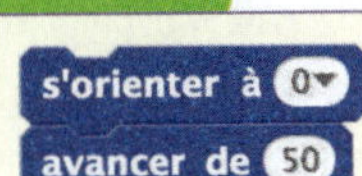

alors le lutin se déplace vers :

☐ a. la droite ☐ b. le bas ☐ c. le haut

25 p. 54

NOMBRES ET CALCULS

1 Développer et factoriser une expression

Comment développer une expression en utilisant la distributivité ?

- Pour tous nombres a, b, c, d et k, on a :

$$k \times (a+b) = ka + kb$$
$$k \times (a-b) = ka - kb$$
$$(a+b)(c+d) = ac + ad + bc + bd$$

Exemple : Développer et simplifier l'expression $A = (x+3)(x+2)$.

$A = (x+3)(x+2) = x^2 + 2x + 3x + 3 \times 2$
$= x^2 + 5x + 6$.

1 Pour réviser

Développe puis simplifie les expressions suivantes.

$A = 3x(x+1) + 2x =$ ....

$B = (x+7)(x-2) =$ ....

$C = (5x+6)(2x-1) =$ ....

$D = (x+2)(x-5) + (x-3)(x+4) =$ ....

$E = 3(x-a) + a(3-x) + x(a-3) =$ ....

$F = (x-6)(x+1) - (x+6)(x-1) =$ ....

2 Compléter par des nombres entiers

a. $(3x+8)(7x +$ ....$) =$ .... $x^2 +$ .... $x + 16$

b. $(2a+b)(4a+3) =$ .... $a^2 +$ .... $a +$ .... $ab +$ .... b

c. $(4x -$ ....$)(6x+3) =$ .... $x^2 -$ .... $x - 15$

COUP DE POUCE

Remplace les pointillés par des nombres entiers. Travaille au brouillon et recopie le résultat.

3 Expressions remarquables

Développe.

a. $(a+b)^2 = (a+b)(a+b) =$ ....

b. $(a-b)^2 = (a-b)(a-b) =$ ....

c. $(a+b)(a-b) =$ ....

4 Développements

Développe puis simplifie les expressions suivantes.

$A = (a-7)(a+7) + 49 =$ ....

$B = (3b-5)(3b-5) + 30b =$ ....

$C = (2x+9)(2x+9) =$ ....

$D = (x+4)(x+4) - 8(x+2) =$ ....

$E = 121 + (2x-11)(2x+11) =$ ....

Comment factoriser une expression en utilisant un facteur commun ?

- Pour tous nombres a, b et k, on a :

$$ka + kb = k(a + b)$$

On a mis k en facteur.

k est un facteur commun.

Exemple : $7x + 21 = 7x + 7 \times 3 = 7(x + 3)$.

5 Avec un facteur commun (1)

Factorise les expressions suivantes.

$A = 9a + 18 =$ ....

$B = 7x - 7y =$ ....

$C = 2a + ax =$ ....

$D = 4x^2 - x =$ ....

$E = i - i^2 =$ ....

$F = 6x - 18y + 12 =$ ....

6 Avec un facteur commun (2)

Factorise les expressions suivantes.

$A = (x - 2)(2x + 1) + (x - 2)(x + 4) =$ ....

$B = (a + 1)(a - 3) + (a + 1)^2 =$ ....

$C = x(x + 8) - 2(x + 8) =$ ....

$D = (3x - 2)(4x + 5) - 5(3x - 2) =$ ....

COUP DE POUCE

Dans le calcul de B, $(a + 1)^2 = (a + 1) \times (a + 1)$.

7 Le bon grain de l'ivraie

Raye les expressions qui ne sont pas des produits de facteurs.

$A = (x + 2)^2$

$B = a^2 + 1$

$C = 2x + 3x$

$D = x^2 + 2x$

$E = (2x - 3)(3 + 2x)$

$F = 3 + 4x\ (3 + 4x)$

$G = x(x + 3) + 3$

$H = 4x^2 \times (x + 1)^2$

$I = 2x(x + 3) \times (x + 3)^2$

8 Factorisations

Factorise les expressions suivantes.

$A = 16x^2 + 24x =$ ....

$B = ab + a =$ ....

$C = 4x^2 - 12x =$ ....

$D = 100r^2 - 1\,000r =$ ....

$E = 25x + 30x^2 - 5x =$ ....

CORRIGÉS P. 2

NOMBRES ET CALCULS

2 Résoudre des équations (révision)

Quelles situations rencontre-t-on quand on résout des équations ?

Première situation

On peut **ajouter ou retrancher** un même nombre aux deux membres d'une égalité.

Exemple 1 : Si $x - 5 = 7$
alors $x = 7 + 5$
donc $x = 12$.

On trouve x en ajoutant 5 aux deux membres.

Exemple 2 : Si $3x = 3 + 2x$
alors $3x - 2x = 3$
donc $x = 3$

On isole les x en retranchant $2x$ aux deux membres.

Seconde situation

On peut **multiplier ou diviser** les deux membres d'une égalité par un même nombre (non nul).

Exemple 1 : Si $3x = 24$
alors $x = \frac{24}{3}$
donc $x = 8$

On trouve x en divisant les deux membres par 3.

Exemple 2 : Si $\frac{5x}{2} = \frac{7}{2}$
alors $5x = 7$
donc $x = \frac{7}{5}$.

On supprime le dénominateur commun 2, en multipliant les deux membres par 2.

COUP DE POUCE
Une seule opération suffit pour résoudre chaque équation de cette page.

1 Résoudre des équations

a. $x + 5 = 3$ b. $x + 12 = 0$ c. $x - 4 = 5$ d. $x - 7 = -5$

2 Résoudre des équations

a. $2x = 12$ b. $3x = 7{,}5$ c. $5x = -8$ d. $4x = 0$

3 Résoudre des équations

a. $4x = 1$ b. $7x = 1$ c. $-2x = 5$ d. $-8x = -16$

4 Résoudre des équations

a. $2x + 3 = 5$

b. $7x - 4 = 11$

c. $3x - 15 = 0$

5 Résoudre des équations

a. $8x + 12 = 0$

b. $-3x + 1{,}5 = 6$

c. $-2x - 30 = 20$

6 Résoudre des équations

a. $2x + \pi = 5\pi$

b. $11x + 5 = 5$

c. $1 + 499x = 500$

7 Résoudre des équations

a. $\frac{3x}{7} = \frac{9}{14}$

b. $\frac{1}{4} + \frac{x}{2} = \frac{5}{2}$

c. $\frac{x}{3} = \frac{1}{2} + \frac{x}{6}$

COUP DE POUCE

Réduis d'abord tous les termes au même dénominateur.

8 Résoudre des équations

a. $\frac{1}{2} = \frac{1}{3} + x$

b. $\frac{x}{5} + 1 - \frac{3}{10} = 0$

c. $\frac{7}{3} - \frac{x}{9} = -2$

ATTENTION !

- **b.** $1 = \frac{10}{10}$; $0 = \frac{0}{10}$
- **c.** $-2 = -\frac{18}{9}$

9 Résoudre des équations

a. $x - \frac{2}{3} = 11 \times \frac{2}{3}$

b. $ax = 2a$

c. $x + a = a$

d. $\frac{x}{7} - 7 = 0$

COUP DE POUCE

- Note bien que dans ces équations, l'inconnue est x.
- Pour **b.**, $a \neq 0$.

CORRIGÉS P. 3

3 Résoudre des problèmes avec une équation

Comment résoudre un problème à l'aide d'une équation ?

Pour résoudre un problème à l'aide d'une équation, on suit le plan suivant.

- **Choix de l'inconnue.** On lui donne un **nom** (c'est souvent x) et on la définit.

  Exemple

  Soit x le nombre de personnes qui…
- **Mise en équation.** On traduit le texte sous forme d'une équation.
- **Résolution de l'équation.** On cherche la (ou les) **solution(s)** de l'équation.
- **Conclusion.** On ne retient que les solutions qui ont un **sens** vis-à-vis du problème (par exemple, on élimine les valeurs négatives lorsque x est une longueur).

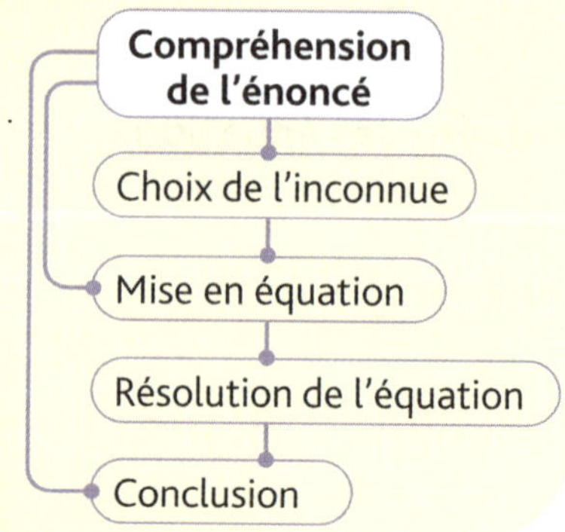

1 À la recherche d'un nombre x

Trouve x tel que sa moitié augmentée de 25 soit égale à son double diminué de 8.

INFO

Lorsqu'on résout un problème à l'aide d'une équation, on doit relire l'énoncé afin que les solutions trouvées soient en cohérence avec le texte.

2 Problème d'âges

Émilie a 12 ans ; son frère Jérôme en a 28.

Dans combien d'années l'âge de Jérôme sera-t-il le double de celui d'Émilie ?

COUP DE POUCE

Soit x le nombre d'années cherché.

3 Moyenne trimestrielle

Au cours du trimestre, Gaby a obtenu cinq notes dont la moyenne est 12.

Quelle note doit-elle avoir au sixième devoir pour que sa moyenne monte à 13 ?

4 Côtés d'un triangle

BC est le double de AB.

AC est égal à une fois et demie AB.

La longueur totale des trois demi-cercles est 9π. Combien mesure AB ?

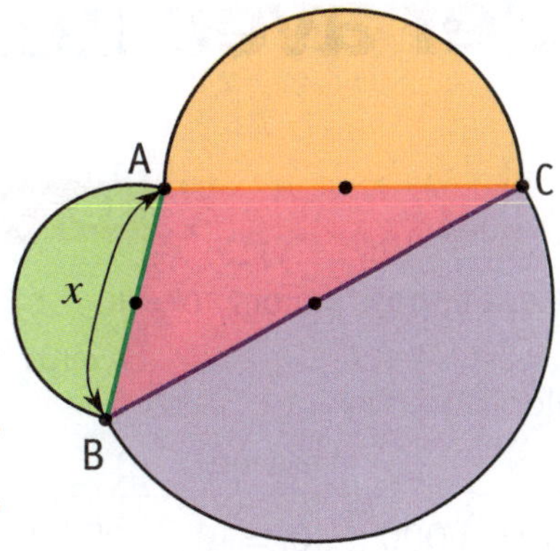

INFO

La longueur d'un demi-cercle de diamètre d est $\frac{\pi d}{2}$.

5 Terrain de sport

Le terrain de sport ci-contre mesure 430 m de périmètre.

Calcule la longueur x (en mètres).

Tu donneras une valeur approchée de x en remplaçant π par $\frac{22}{7}$.

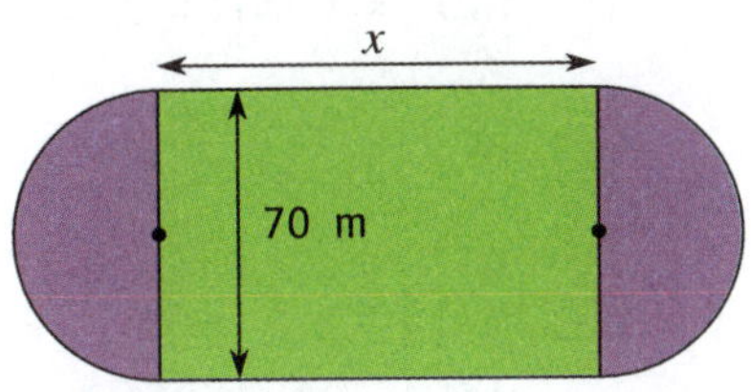

6 Aire d'un triangle

AB = 12, AC = 15, CH = 10.

Calcule la hauteur BK.

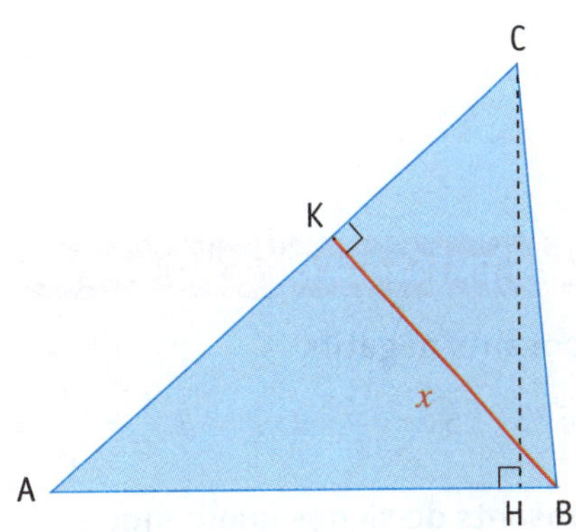

COUP DE POUCE

Exprime de deux façons l'aire de ABC.

CORRIGÉS P. 4

Calculer avec des puissances

Comment calculer avec des puissances de 10 ?

Définition

- Si n est un entier positif alors $10^n = \underbrace{10 \dots 0}_{n \text{ zéros}}$
- Si $n \geqslant 2$ alors $10^n = \underbrace{10 \times 10 \times \dots \times 10}_{n \text{ facteurs}}$

Exemples : $10^3 = 10 \times 10 \times 10 = 1\,000$; $10^1 = 10$; $10^0 = 1$.

- Si n est un entier positif alors $10^{-n} = \underbrace{0{,}0 \dots 01}_{n \text{ zéros}} = \dfrac{1}{10^n}$

Exemples : $10^{-4} = 0{,}0001 = \dfrac{1}{10^4}$; $10^{-1} = \dfrac{1}{10} = 0{,}1$.

Exemples de calculs

- $10^3 \times 10^2 = 1\,000 \times 100 = 100\,000 = 10^5$; $\dfrac{10^5}{10^2} = \dfrac{100\,000}{100} = 1000 = 10^3$.
- $10^4 \times 10^{-2} = 10\,000 \times 0{,}01 = 100 = 10^2$; $10^{-3} \times 10^{-2} = 0{,}001 \times 0{,}01 = 0{,}00001 = 10^{-5}$.

COUP DE POUCE
Exercices 1 et 2 : tu peux passer par l'intermédiaire de l'écriture en chiffres.

1 Des chiffres et des lettres

a. Écris en lettres les puissances de 10 suivantes.

10^2 : .... 10^5 : .... 10^7 : .... 10^{10} : ....

b. Écris sous forme de puissance de 10.

un million : .... dix : .... dix mille : .... un milliard : ....

2 Des lettres et des chiffres

a. Écris sous forme de puissance de 10.

un dixième : .... un centième : .... un cent-millième : .... un milliardième : ....

b. Écris en lettres.

10^{-3} : .... 10^{-6} : ....

10^{-4} : .... 10^{-7} : ....

Comment calculer les puissances d'un nombre (non nul) ?

Introduction des exposants négatifs

$2^{-4} = \dfrac{1}{2^4} = \dfrac{1}{16} = 0{,}0625$; $5^{-1} = \dfrac{1}{5} = 0{,}2$; $3^{-2} = \dfrac{1}{3^2} = \dfrac{1}{9}$. Par définition $a^{-n} = \dfrac{1}{a^n}$

Calculs avec des exposants de signes quelconques

$3^4 \times 3^2 = (3 \times 3 \times 3 \times 3) \times (3 \times 3) = 3^6$; $2^5 \times 2^{-2} = 2^5 \times \dfrac{1}{2^2} = \dfrac{2^5}{2^2} = \dfrac{2 \times 2 \times 2 \times 2 \times 2}{2 \times 2} = 2^3$.

$2^6 \times 2^{-4} = 2^6 \times \dfrac{1}{2^4} = \dfrac{2^6}{2^4} = 2^2$; $5^2 \times 5^{-6} = 5^2 \times \dfrac{1}{5^6} = \dfrac{5^2}{5^6} = \dfrac{1}{5^4} = 5^{-4} = \dfrac{1}{625}$.

3 Premiers calculs

Mets sous forme d'un nombre décimal (ou entier).

a. $5^4 =$ .... ; $5^{-3} =$ .... ; $2^{-2} =$ .... ; $10^{-1} =$ .... ; $4^{-3} =$ ....

b. $7^5 \times 7^{-3} =$ ...... ; $9^2 \times 9 =$ ...... ; $10^6 \times 10^{-4} =$ ...... ; $2^{-4} \times 2^{-1} =$ ...... ; $4^3 \times 4^{-5} =$ ......

COUP DE POUCE

Fais les calculs au brouillon.

4 Pour s'entraîner

Mets sous forme d'un nombre décimal (ou entier).

a. $5^8 \times 5^{-10} =$ .... $3^5 \times 3^3 =$ ...... $3^7 \times 3^{-4} =$ ...... $8^6 \times 8^{-7} =$ .....

b. $2^{-4} \times 2^{-1} =$ .... $7^5 \times 7^{-1} =$ ...... $4^5 \times 4^{-6} =$ ...... $1^{500} =$ ......

5 Puissance de 10

a. Mets sous forme d'un nombre décimal (ou entier).

$0{,}1^2 =$ .... $0{,}01^2 =$ .... $10^3 \times 0{,}01 =$ .... $10^{-3} \times 10 =$ ....

b. Mets sous forme d'une puissance de 10.

$\dfrac{0{,}01}{10^3} =$ .... $\dfrac{10}{10^4} =$ .... $\dfrac{10^{-4}}{10^2} =$ ....

6 Avec des divisions

Écris sous une forme plus simple (nombre décimal ou fraction simplifiée).

a. $\dfrac{3^5}{3^2} =$ .... ; $\dfrac{2^4}{2^5} =$ .... ; $\dfrac{7^4}{7^4} =$ .... ; $\dfrac{4^5}{4^3} =$ .... ; $\dfrac{25^3}{25^4} =$ ....

b. $\dfrac{5}{5^3} =$ .... ; $\dfrac{10^4}{10^7} =$ .... ; $\dfrac{6^3}{6^4} =$ .... ; $\dfrac{100^2}{100} =$ .... ; $\dfrac{10^3}{10^2} =$ ....

7 Chasser l'intrus

Entoure le nombre qui n'est pas un entier.

$(0{,}25)^{-2}$ $(0{,}2)^{-4}$ $(0{,}125)^{-3}$ $(0{,}5)^{-5}$ 4^{-3} $(0{,}1)^{-2}$ $(0{,}02)^{-2}$ $(0{,}01)^{-3}$

INFO

Sur la calculatrice, utilise la touche $x^{\square}$ ou x^n

8 Puissances croisées

Complète les tableaux avec des nombres à trois chiffres (un chiffre par case), dont les définitions sont données sur le côté.

	A	B	C
I			
II			
III			

I : puissance 5e
II : puissance de 22
III : cube
A : puissance 5e
B : carré
C : cube

	A	B	C
I			
II			
III			

I : puissance 9e
II : cube
III : cube
A : puissance de 2
B : carré
C : puissance de 2

COUP DE POUCE

Tu peux commencer par rechercher, avec la calculatrice, les puissances qui s'écrivent avec trois chiffres.

CORRIGÉS P. 5

5 NOMBRES ET CALCULS

Utiliser les puissances

Comment multiplier ou diviser par une puissance de 10 ?

Rappel

Pour multiplier par 10^1 ; 10^2 ; 10^3... on déplace la virgule de 1 ; 2 ; 3... rangs vers la droite.

Exemples : $6{,}5 \times 10^2 = 650$; $0{,}01789 \times 10^3 = 17{,}89$.

Pour diviser par 10^1 ; 10^2 ; 10^3... on déplace la virgule de 1 ; 2 ; 3... rangs vers la gauche.

Exemples : $8 \div 10^3 = 0{,}008$; $14{,}18 \div 10^2 = 0{,}1418$.

Nouveautés

Multiplier par 10^{-1} ; 10^{-2} ; 10^{-3}... revient à diviser par 10^1 ; 10^2 ; 10^3...

Exemple : $201{,}7 \times 10^{-3} = \dfrac{201{,}7}{10^3} = 0{,}2017$.

Diviser par 10^{-1} ; 10^{-2} ; 10^{-3}... revient à multiplier par 10^1 ; 10^2 ; 10^3...

Exemple : $1{,}5 \div 10^{-2} = 1{,}5 \times 10^2 = 150$.

1 Puissance de calcul

a. Quelle est la hauteur, en cm, d'un paquet de 10 000 feuilles, chacune ayant une épaisseur de 10^{-2} cm ? ....

b. Combien de grains de sable y a-t-il dans un quintal de sable, chaque grain pesant, en moyenne, 10^{-1} mg ? ....

c. Un prince partage 10 milliards d'euros entre un million de ses sujets. Combien chacun d'eux reçoit-il ? ....

2 Analyse de sang

Une analyse de sang d'un patient a donné les résultats suivants.

- Globules rouges : $4{,}8 \times 10^6$ par mm^3 de sang.
- Globules blancs : 8×10^3 par mm^3 de sang.

a. Estime le nombre total de globules rouges de ce patient dont le corps contient 5 L de sang. ....

b. Même question avec les globules blancs. ....

COUP DE POUCE
5 L = ... mm^3

Comment écrire un nombre en notation scientifique ?

Exemples : Écrire 235,74 et 0,000981 en notation scientifique.

$235{,}74 = 2{,}3574 \times 10^2$

$0{,}000981 = 9{,}81 \times 10^{-4}$

On place la virgule après le 1er chiffre autre que 0.

L'exposant de la puissance de 10 correspond au déplacement de la virgule.

3 Autour du nanomètre

Classe, par ordre croissant, les objets suivants (vivants ou inertes) que l'on a mesurés :
un virus (V) de 30 nm – une bactérie (B) de 0,5 µm – un atome (A) de 2×10^{-11} m
une molécule (M) d'un milliardième de mètre – une levure (L) de 6 µm.

....

....

INFO

• Un **nanomètre** est un milliardième d'un mètre.
On le note nm.
1 nm = 10^{-9} m
• Un **micromètre** est un millionième d'un mètre.
On le note µm .
1 µm = 10^{-6} m

4 Notre planète

a. La masse de la Terre est d'environ 6 000 milliards de milliards de tonnes. Écris en notation scientifique cette masse en kg. ....

b. La Terre tourne autour du Soleil sur un trajet circulaire (ou presque) de rayon 150 millions de km. Combien de km parcourt-elle en 1 h ? ....

....

5 Bactéries

On admet que, dans des conditions favorables, le nombre de bactéries double toutes les heures. Au début de l'expérience, dans un cristallisoir, il y a 10 bactéries.
Combien seront-elles après 3 jours ? ....

COUP DE POUCE

Donne le résultat en notation scientifique.

6 *Si vis pacem, para bellum**

Un porte-avion coûte environ 4 milliards d'euros.
Quelle hauteur atteindrait une pile de billets de 100 €, représentant cette somme, sachant qu'un billet de 100 € a une épaisseur de 0,25 mm ? ....

INFO

*« Si tu veux la paix, prépare la guerre » (en latin).

7 Population mondiale

La population mondiale était d'environ 7,5 milliards d'êtres humains en 2016.

a. La surface des terres émergées mesure 103×10^6 km². Calcule le nombre moyen d'individus par km². ....

b. En supposant qu'un être humain boive environ 2 L d'eau par jour, calcule en m³ la consommation journalière des êtres humains sur la Terre. ....

8 L'univers « exploré »

L'univers « exploré » comporte environ 130 milliards de galaxies et notre galaxie (la Voie lactée) comporte environ 234 milliards d'étoiles.

a. Écris ces 2 nombres en notation scientifique. ....

b. En comptant une moyenne de 100 milliards d'étoiles par galaxie, estime le nombre d'étoiles dans l'univers exploré.

....

....

CORRIGÉS P. 6

Décomposer un nombre entier en facteurs premiers

Que faut-il savoir sur les nombres premiers ?

Rappel

5 **divise** 30 car $5 \times 6 = 30$. On dit aussi que 5 est un **diviseur** de 30.

Définition

Un nombre entier est **premier** s'il a exactement deux diviseurs : 1 et lui-même.

Exemple : 29 n'a que deux diviseurs : 1 et 29. On dit que 29 est un **nombre premier.**

Voici la liste des nombres premiers inférieurs à 100 :

2, 3, 5, 7, 11, 13, 17, 19, 23, 29, 31, 37, 41, 43, 47, 53, 59, 61, 67, 71, 73, 79, 83, 89, 97.

Décomposition d'un entier en produit de facteurs premiers

Exemple : On peut écrire 30 comme un produit de nombres premiers : $30 = 2 \times 3 \times 5$.

Propriété des nombres composés, c'est-à-dire non premiers :

Tout nombre entier composé est un produit de facteurs premiers.

Exemple : $504 = 2 \times 2 \times 2 \times 3 \times 3 \times 7$ que l'on écrit $504 = 2^3 \times 3^2 \times 7$.

Méthode pratique :
Soit 492 à décomposer en produit de facteurs premiers.

Les quotients successifs.

492	2
246	2
123	3
41	41
1	

Les diviseurs premiers successifs.

On conclut : $492 = 2^2 \times 3 \times 41$.

1 Attention les derniers pourraient bien être premiers

Entoure les nombres composés : 89 ; 657 ; 79 ; 160 ; 92 ; 225 ; 111 111 ; 143 ; 101.

2 Pour commencer

Décompose les nombres suivants en produit de facteurs premiers.

294 | 330 | 387 | 546 |

Donc 294 = ... 330 = ... 387 = ... 546 = ...

3 Même exercice pour s'entraîner

60 | 225 | 264 | 1 430 |

Donc 60 = ... 225 = ... 264 = ... 1 430 = ...

4 Avec Scratch : nombre premier ou non ?

a. Assemble le programme ci-contre.
Puis, à l'aide de ce programme, complète par « premier » ou « composé ».

2 023 est ....

2 027 est ....

1 987 654 321 est ....

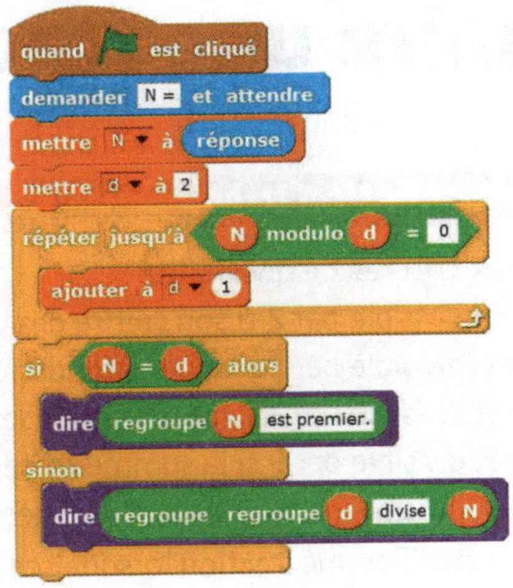

b. Calcule puis complète avec « premier » ou « composé ».

$2+1=$ .... : ....

$2\times3+1=$ .... : ....

$2\times3\times5+1=$ .... : ....

$2\times3\times5\times7+1=$ .... : ....

$2\times3\times5\times7\times11+1=$ ...... : ....

c. Utilise le programme pour savoir si l'on obtient toujours un nombre premier en continuant selon le procédé de la question **b**.

....

....

INFO
« *N* modulo *d* » désigne le reste de la division de *N* par *d*.

ATTENTION !
Le programme attend un entier $N \geqslant 2$.

5 La conjecture de Goldbach

La conjecture de Goldbach (mathématicien du XVIIIe siècle) affirme que tout nombre entier pair supérieur à 3 est la somme de deux nombres premiers.
Cette propriété n'a toujours pas été démontrée et c'est pour cela qu'on l'appelle « conjecture » au lieu de « théorème ».

a. Complète avec des nombres premiers.

18 = ... + ...   40 = ... + ...   62 = ... + ...

30 = ... + ...   54 = ... + ...   98 = ... + ...

b. Utilise le programme de l'exercice 4 pour compléter les égalités suivantes avec des nombres premiers.

2 000 = ... + ...   2 004 = ... + ...

2 002 = ... + ...   2 006 = ... + ...

INFO
Les solutions ne sont pas uniques.

6 Travail de recherche

1 879 et 9 781 sont des nombres premiers ; 13 et 31 aussi.
Donne d'autres paires de nombres premiers ayant cette propriété « renversante ».

....

....

....

COUP DE POUCE
Tu peux utiliser le programme de l'exercice **4**.

CORRIGÉS P. 7

Rendre une fraction irréductible

Comment rendre une fraction irréductible ?

Rappel des principaux critères de divisibilité

- Un nombre entier est divisible par **2** si son chiffre des unités est 0, 2, 4, 6 ou 8.
- Un nombre entier est divisible par **5** si son chiffre des unités est 0 ou 5.
- Un nombre entier est divisible par **3** si la somme de ses chiffres est divisible par 3.
- Un nombre entier est divisible par **9** si la somme de ses chiffres est divisible par 9.
- Un nombre entier est divisible par **10** si son chiffre des unités est 0.

Application : On peut simplifier une fraction lorsque ses deux termes sont divisibles par un même nombre. Ainsi : $\boxed{\dfrac{k \times a}{k \times b} = \dfrac{a}{b}}$ (avec $k \neq 0$ et $b \neq 0$).

Fraction irréductible

Exemples : $\dfrac{14}{16} = \dfrac{2 \times 7}{2 \times 8} = \dfrac{7}{8}$. On ne peut plus simplifier. La fraction $\dfrac{7}{8}$ est **irréductible**.

$\dfrac{13}{15}$, $\dfrac{16}{17}$ et $\dfrac{24}{1}$ (qui vaut 24) sont aussi des fractions irréductibles.

Rendre une fraction irréductible

- **Méthode 1.** On utilise directement les critères de divisibilité.

Exemple : $\dfrac{1080}{1260} = \dfrac{108}{126} = \dfrac{54}{63} = \dfrac{6}{7}$. On a utilisé les critères de divisibilité par 10, 2 et 9.

- **Méthode 2.** On décompose le numérateur et le dénominateur en facteurs premiers.

Exemple : Simplifions la fraction $\dfrac{315}{378}$.

$315 = 3^2 \times 5 \times 7$ et $378 = 2 \times 3^3 \times 7$ (voir chapitre 6). Donc $\dfrac{315}{378} = \dfrac{3 \times 3 \times 5 \times 7}{2 \times 3 \times 3 \times 3 \times 7} = \dfrac{5}{6}$.

1 Avec les critères de divisibilité

Rends les fractions suivantes irréductibles (fais les calculs au brouillon).

a. $\dfrac{273}{210}$ = ...

c. $\dfrac{1980}{2340}$ = ...

e. $\dfrac{840}{756}$ = ...

b. $\dfrac{4080}{3120}$ = ...

d. $\dfrac{5346}{7128}$ = ...

f. $\dfrac{1575}{2475}$ = ...

2 Compléter avec des fractions irréductibles

Numérateur / Dénominateur	4	6	7	10
2				
3			$\dfrac{7}{3}$	
4				
5				

Numérateur / Dénominateur	3	28	36	5
2				
35				
27				
12				

COUP DE POUCE
Ici, tu peux simplifier mentalement.

3 Des fractions bien étranges

a. Soit a la fraction $\dfrac{364}{280}$ et b la fraction $\dfrac{3+6+4}{2+8+0}$ obtenue en ajoutant les chiffres du numérateur puis ceux du dénominateur. Simplifie la fraction a et déduis-en que $a = b$.

....

b. Même travail pour $\dfrac{392}{224}$. ....

c. Puis pour $\dfrac{714}{952}$. ....

COUP DE POUCE

Pour les exercices **4** et **5**, effectue les décompositions au brouillon.

4 Avec des facteurs premiers (1)

a. Donne la décomposition en produit de facteurs premiers de 264 et de 252.

264 = ... 252 = ...

Rends irréductible la fraction $\dfrac{264}{252}$ = ...

b. Même travail pour 592 et 518.

592 = ... 518 = ...

Et pour la fraction $\dfrac{592}{518}$ = ...

5 Avec des facteurs premiers (2)

a. Rends irréductible la fraction $\dfrac{8\,085}{1\,638}$ = ...

b. Rends irréductible la fraction $\dfrac{1\,092}{728}$ = ...

ATTENTION !

Le programme attend un entier $N \geqslant 2$.

6 Avec Scratch : grands nombres

Soit la fraction $F = \dfrac{3\,124\,611\,669}{3\,130\,744\,371}$.

a. F est-elle irréductible ? (Justifie.)

....

....

b. Assemble le programme ci-contre. (N'oublie pas de créer les variables N et d, ainsi que la liste *Fact Prem*.) Utilise ce programme pour décomposer en produit de facteurs premiers le numérateur et le dénominateur de F.

....

....

c. Rends irréductible la fraction F.

....

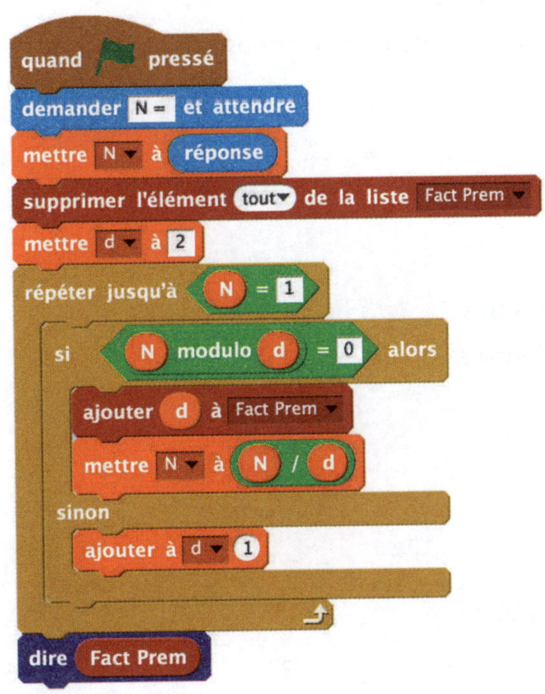

INFO

L'instruction « supprimer ... » a pour effet de vider la liste *Fact Prem*.

CORRIGÉS P. 8

8 NOMBRES ET CALCULS
Connaître les racines carrées

Qu'appelle-t-on « racine carrée d'un nombre positif » et comment l'obtenir ?

Définition

La **racine carrée** d'un nombre **positif** a est le nombre **positif**, noté $\sqrt{a}$, dont le carré est a.

On a donc $\left(\sqrt{a}\right)^2 = a$ et $\sqrt{a} \geqslant 0$. *Exemples :* $\sqrt{9} = 3$; $\sqrt{0} = 0$; $\sqrt{1} = 1$; $\sqrt{16} = 4$.

Calcul et encadrement

• Le tableau des premiers carrés de nombres permet d'obtenir des racines carrées.

n	0	1	2	3	4	5	6	7	8	9	10	11	12
n^2	0	1	4	9	16	25	36	49	64	81	100	121	144

Exemples : $\sqrt{144} = 12$; $\sqrt{49} = 7$.

• Ce tableau permet aussi d'encadrer des racines carrées.

Exemple : $9 < 15 < 16$ donc $3 < \sqrt{15} < 4$.

• Sur la calculatrice, la touche $\boxed{\sqrt{\ }}$ permet d'obtenir des valeurs approchées de racines carrées. *Exemples :* $\sqrt{20} \approx 4{,}47$; $\sqrt{108} \approx 10{,}39$.

COUP DE POUCE
Essaie de trouver le résultat de tête avant de prendre la calculatrice.

1 Compléter

a. $\sqrt{121}$ = ...

b. $\sqrt{1}$ = ...

c. $\sqrt{0}$ = ...

d. $\sqrt{0{,}0001}$ = ...

e. $\sqrt{256}$ = ...

f. $\sqrt{49}$ = ...

g. $\sqrt{2{,}56}$ = ...

h. $\sqrt{25}$ = ...

i. $\sqrt{16}$ = ...

2 Racines bien encadrées

Encadre chaque racine par deux entiers consécutifs.

a. ...... $< \sqrt{6} <$ ......

b. ...... $< \sqrt{10} <$ ......

c. ...... $< \sqrt{20} <$ ......

d. ...... $< \sqrt{32} <$ ......

e. ...... $< \sqrt{79} <$ ......

f. ...... $< \sqrt{110} <$ ......

g. ...... $< \sqrt{140} <$ ......

h. ...... $< \sqrt{53} <$ ......

i. ...... $< \sqrt{17} <$ ......

3 Chercher les erreurs

Raye les égalités fausses.

a. $\sqrt{36} = 6$

b. $\sqrt{0{,}4} = 0{,}2$

c. $\sqrt{0{,}09} = 0{,}3$

d. $\sqrt{0{,}5} = 0{,}25$

e. $\sqrt{0{,}25} = 0{,}5$

f. $\sqrt{20} = 10$

g. $\sqrt{9} = 4{,}5$

h. $\sqrt{121} = 11$

i. $\sqrt{1} = 1$

4 Tableau à compléter

x	9		0,64		25		81	0,16	
$\sqrt{x}$		9		7		25			1

5 Valeurs approchées

Donne la valeur arrondie à 10^{-3} près des racines carrées suivantes.

a. $\sqrt{18} \approx$ ....

b. $\sqrt{40} \approx$ ....

c. $\sqrt{2} \approx$ ....

d. $\sqrt{2\,023} \approx$ ....

e. $\sqrt{7} \approx$ ....

f. $\sqrt{1\,024} =$ ....

g. $\sqrt{99} \approx$ ....

h. $\sqrt{69} \approx$ ....

6 Des racines bien rangées

a. Range dans l'ordre croissant les nombres suivants.
$9\ ;\ \sqrt{49}\ ;\ 10\ ;\ \sqrt{50}\ ;\ \sqrt{141}\ ;\ 12\ ;\ \sqrt{24}\ ;\ 5\ ;\ \sqrt{11}\ ;\ 11\ ;\ \sqrt{16}\ ;\ \sqrt{8}$.

....

b. Range dans l'ordre décroissant les nombres suivants.
$\sqrt{3}\ ;\ 6\ ;\ \sqrt{34}\ ;\ \sqrt{10}\ ;\ 3\ ;\ \sqrt{2}\ ;\ 2\ ;\ \sqrt{101}\ ;\ \sqrt{64}\ ;\ \sqrt{144}$.

....

7 Quelques curiosités renversantes

Complète et observe.

a. $\sqrt{144} =$ .... $\sqrt{441} =$ ....

b. $\sqrt{12\,769} =$ .... $\sqrt{96\,721} =$ ....

c. $\sqrt{10\,609} =$ .... $\sqrt{90\,601} =$ ....

d. Cette propriété est-elle toujours vérifiée ? (Donne éventuellement des contre-exemples.)

....

e. Il n'est pas très facile de trouver des nombres ayant cette propriété.
Pourtant, il en existe un entre 12 et 20. Lequel ?

....

INFO
Un contre-exemple est un exemple qui contredit une propriété.

8 Les carrés gigognes

a. La racine carrée d'un entier n'est pas toujours un entier.
Mais, il y a des cas surprenants.
Le nombre 34 225 a une propriété curieuse. Pour la deviner, complète :

$\sqrt{34\,225} =$ .... ; $\sqrt{4\,225} =$ .... ; $\sqrt{225} =$ .... ; $\sqrt{25} =$ ....

b. Le nombre 275 625 a-t-il la même propriété ? ....

....

c. Même question avec 81 225 puis avec 4 950 625. ....

....

....

COUP DE POUCE
b. Observe l'emboîtement des nombres donnés au **a.**.

CORRIGÉS P. 9

Utiliser la différence de deux carrés

Comment utiliser la différence de deux carrés ?

Identité remarquable

$a^2 - b^2 = (a+b)(a-b)$ où a et b désignent deux nombres.

Exemple d'utilisation pour développer

Développer les expressions $(x+2)(x-2)$ puis $(12x+9)(12x-9)$.

$(x+2)(x-2) = x^2 - 2^2 = x^2 - 4$

$(12x+9)(12x-9) = (12x)^2 - 9^2 = 144x^2 - 81$

On applique directement l'identité remarquable.

Exemple d'utilisation pour factoriser

Factoriser l'expression $x^2 - 64$.

$x^2 - 64 = x^2 - 8^2 = (x+8)(x-8)$

1 Démonstration

En développant l'expression $(a+b)(a-b)$ démontre l'identité énoncée ci-dessus (utilise la distributivité de la multiplication par rapport à l'addition).

$(a+b)(a-b) =$ ....

2 Gammes (1)

Développe les expressions suivantes.

a. $(a+3)(a-3) =$ ....

b. $(x-11)(x+11) =$ ....

c. $(x+1)(x-1) =$ ....

d. $(7-y)(7+y) =$ ....

e. $(a-2)(2+a) =$ ....

f. $\left(x+\frac{1}{2}\right)\left(x-\frac{1}{2}\right) =$ ....

COUP DE POUCE

Développe au brouillon et note le résultat.

3 Gammes (2)

Développe et réduis les expressions suivantes.

a. $(10x+5)(10x-5) =$ ....

b. $(12-11a)(12+11a) =$ ....

c. $(5x+6)(5x-6) =$ ....

d. $(2x+1)(2x-1) =$ ....

e. $(x+\sqrt{2})(x-\sqrt{2}) =$ ....

f. $(\sqrt{13}+a)(\sqrt{13}-a) =$ ....

4 Gammes (3)

Développe et réduis les expressions suivantes.

$A = (a-6)(a+6) + 36 =$ ....

$B = 121 + (3x+11)(3x-11) =$ ....

5 Factorisation « de tête »

Factorise les expressions.

a. $a^2 - 4 =$ ……………………

b. $x^2 - 1 =$ ……………………

c. $16 - x^2 =$ ……………………

d. $x^2 - 144 =$ ……………………

e. $x^2 - 7 =$ ……………………

f. $49 - y^2 =$ ……………………

6 Différences de deux carrés

Factorise les expressions.

a. $4x^2 - 9 =$ ……………………

b. $25x^2 - 16 =$ ……………………

c. $9x^2 - 1 =$ ……………………

d. $100 - 4x^2 =$ ……………………

e. $64a^2 - 36 =$ ……………………

f. $2 - x^2 =$ ……………………

7 Deux champs carrés

Le côté d'un grand champ carré surpasse celui d'un petit champ carré de 70 m. La somme des deux côtés atteint 120 m.

Calcule la différence de surface des deux champs (en m²) sans calculer les côtés des carrés.

……………………………………………………………………

……………………………………………………………………

COUP DE POUCE

Note a le côté du grand carré et b celui du petit carré.

8 Calculer, c'est prévoir

Soit $a = \frac{11}{13}$ et $b = \frac{2}{13}$.

a. Calcule $a^2 =$ …………… puis $b^2 =$ …………… puis $a^2 - b^2 =$ ……………

b. Vérifie que $a^2 - b^2 = a - b$.

……………………………………………………………………

c. Ne pouvait-on pas prévoir le résultat du **b.** en faisant un petit calcul « de tête » ?

……………………………………………………………………

9 Un produit bien caché

a. Dans l'expression $E = x^3 - x$ remplace x par 8 et vérifier que E est le produit de 3 entiers consécutifs (8 est l'un d'eux). ……………………

b. Reprends le **a.** avec $x = 11$. ……………………

c. Factorise $x^3 - x$. ……………………

Déduis-en que si x est un entier, alors E est le produit de 3 entiers consécutifs.

……………………………………………………………………

……………………………………………………………………

CORRIGÉS P. 10

Connaître et utiliser la propriété d'un produit nul

Quelle est la propriété d'un produit nul ?

Propriétés

Soit a et b deux nombres.

Si $ab = 0$ alors $a = 0$ ou $b = 0$.
Si $a = 0$ ou $b = 0$ alors $ab = 0$.

Application à la résolution d'équations avec produit nul

Résoudre l'équation $(x - 3)(x + 4) = 0$.

• Si $(x - 3)(x + 4) = 0$ alors $x - 3 = 0$ ou $x + 4 = 0$

d'où $x = 3$ ou $x = -4$.

On applique la propriété : si $ab = 0$ alors $a = 0$ ou $b = 0$.

• Vérifions que 3 est solution : $(3 - 3)(3 + 4) = 0 \times 7 = 0$.

Vérifions que -4 est solution : $(-4 - 3)(-4 + 4) = (-7) \times 0 = 0$.

Donc les solutions de l'équation sont 3 et -4.

COUP DE POUCE
Fais les vérifications sur ton brouillon.

1 Premiers pas

a. Résous l'équation $(x - 1)(x + 5) = 0$.

....

....

b. Résous l'équation $(2x - 3)(x - 6) = 0$.

....

....

c. Résous l'équation $x(5x + 9) = 0$.

....

....

INFO
• **b.** Si $ax - b = 0$ alors on trouve $x = \frac{b}{a}$.
• **c.** Si $ax + b = 0$ alors on trouve $x = \frac{-b}{a}$.

2 Avec une différence de deux carrés

a. Factorise l'expression $4x^2 - 121$. ....

b. Résous l'équation $4x^2 - 121 = 0$. ....

....

COUP DE POUCE
b. Utilise l'expression factorisée.

3 En trois étapes

On pose $E = (7x + 1)(10x - 6) + (6x + 10)(5x - 3)$

a. Développe et réduis E. ....

....

....

b. Factorise $100x^2 - 36 =$ ……………………………………………

……………………………………………………………………

c. Résous $E = 0$ ……………………………………………………

……………………………………………………………………

COUP DE POUCE

b. Pour factoriser, revois le chapitre 9.

Comment résoudre l'équation $x^2 = a$?

- **Exemple :** Soit à résoudre l'équation $x^2 = 9$.
- **Méthode :**

On a $x^2 = 9$.

Donc $x^2 - 9 = 0$ donc $x^2 - 3^2 = 0$.

Donc $(x-3)(x+3) = 0$.

Donc $x - 3 = 0$ ou $x + 3 = 0$.

Donc $x = 3$ ou $x = -3$.

On vérifie alors que 3 et −3 sont solutions de $x^2 = 9$.

- **Conclusion :**

L'équation $x^2 = 9$ a deux solutions 3 et −3.

4 Premiers exemples

a. Résous l'équation $x^2 = 121$.

……………………………………………………………………

……………………………………………………………………

b. Résous l'équation $x^2 = 5$.

……………………………………………………………………

……………………………………………………………………

c. Résous l'équation $x^2 - 1 = 1$.

……………………………………………………………………

……………………………………………………………………

COUP DE POUCE

b. Observe que $5 = (\sqrt{5})^2$.

5 Un défi

a. Résous l'équation $\frac{x}{6} = \frac{24}{x}$.

……………………………………………………………………

……………………………………………………………………

b. Résous l'équation $\frac{x-1}{3} = \frac{5}{x+1}$.

……………………………………………………………………

……………………………………………………………………

COUP DE POUCE

Utilise la propriété des produits en croix.

CORRIGÉS P. 10

Utiliser une fonction linéaire

Qu'est-ce qu'une fonction linéaire ?

Exemple de fonction linéaire

Considérons deux suites de nombres proportionnels.

x	– 3	0	1	2	5
y	– 7,5	0	2,5	5	12,5

× 2,5

• Si on appelle x les nombres de la 1re ligne et y ceux de la 2de ligne, on a $y = 2{,}5 \times x$.
On dit qu'on passe de x à y par la **fonction linéaire** dont le **coefficient directeur** est 2,5.
Cette fonction linéaire se note $x \mapsto 2{,}5x$.

$f(-3)$ se prononce « f de – 3 ».

• Si on appelle f cette fonction linéaire, on écrit : $f(-3) = -7{,}5$
$f(0) = 0$ $f(1) = 2{,}5$ $f(2) = 5$ et plus généralement $f(x) = 2{,}5x$.

• On dit que – 7,5 est l'**image** de – 3 et, de façon plus générale, que $2{,}5x$ est l'image de x.
On dit aussi que – 7,5 a pour **antécédent** – 3.

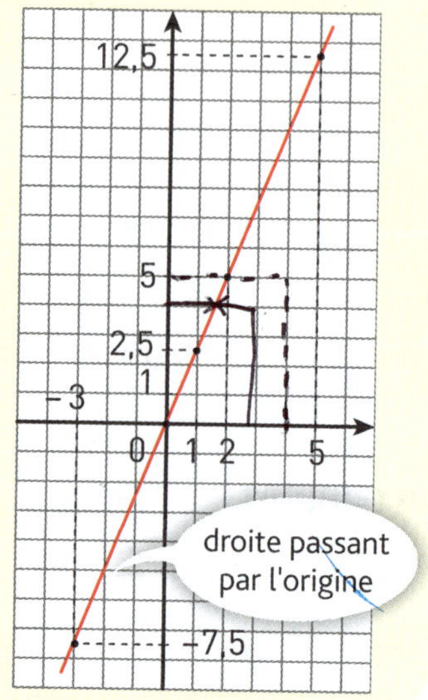

Représentation graphique d'une fonction linéaire

On représente les x sur l'axe des abscisses et les images y sur l'axe des ordonnées.

Propriété

> La représentation graphique d'une fonction linéaire est une **droite passant par l'origine**.

Exemple : La droite ci-contre représente la fonction linéaire $x \mapsto 2{,}5x$.
Son coefficient directeur est 2,5.

1 Questions sur la fonction linéaire étudiée ci-dessus

a. Sur le graphique, lis l'image de 4 : $f(4) =$ 10
Puis l'image de 3 : $f(3) =$ 7,5 Et l'image de – 2 : $f(-2) =$ –5

b. Calcule les images suivantes :
$f(0{,}3) =$ .... $f(2{,}5) =$ .... $f(12) =$ ....

c. Le point de coordonnées (– 1 ; – 2,5) est-il sur la droite représentant la fonction linéaire $x \mapsto 2{,}5x$? (Justifie.) ....

d. Même question avec le point de coordonnées (2,5 ; 6). ....

COUP DE POUCE
b. N'oublie pas que $f(x) = 2{,}5x$.
c. A-t-on : $f(-1) = -2{,}5$?
d. A-t-on : $f(2{,}5) = 6$?

2 Contre-exemples

Pourquoi les fonctions représentées ci-dessous ne sont-elles pas linéaires ?

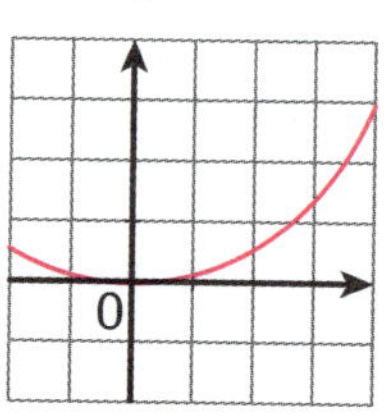

courbe de fonction n'est pas une droite

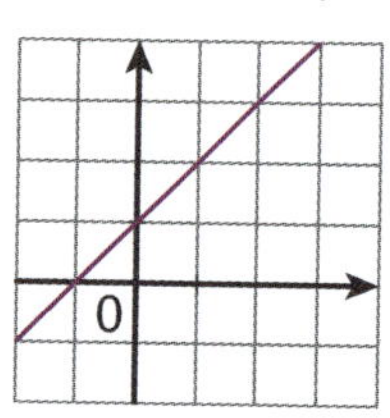

ne passe pas par l'origine (O)

3 Étude d'une fonction linéaire

On considère la fonction linéaire $x \mapsto -\frac{1}{2}x$.

a. Complète le tableau de valeurs.

x	0	1	2	6	−1	−3	−6
$-\frac{1}{2}x$	0	$-\frac{1}{2}$	−1	−3	$\frac{1}{2}$	$\frac{3}{2}$	3

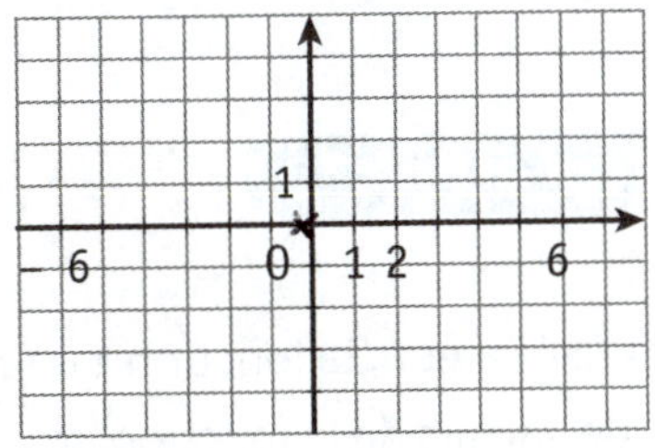

b. Dessine la représentation graphique de cette fonction.

c. Lis sur le graphique : l'image de 4 : .... l'image de − 2 : ....

l'antécédent de 2 : .... l'antécédent de 3 : ....

d. Calcule : l'image de 3,6 : .... l'image de −1,6 : ....

l'image de 26 : .... l'image de −15 : ....

4 Marions-les !

Voici, dans le désordre, les représentations graphiques des quatre fonctions linéaires f, g, h, k suivantes : $f : x \mapsto 2x$, $g : x \mapsto \frac{1}{2}x$, $h : x \mapsto -x$, $k : x \mapsto -2x$.

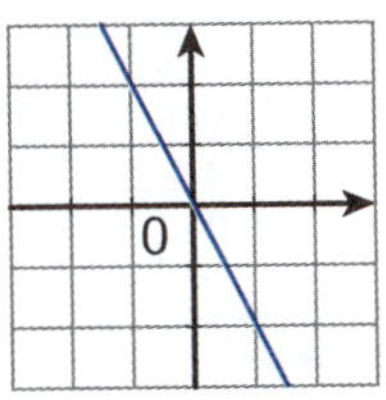

......

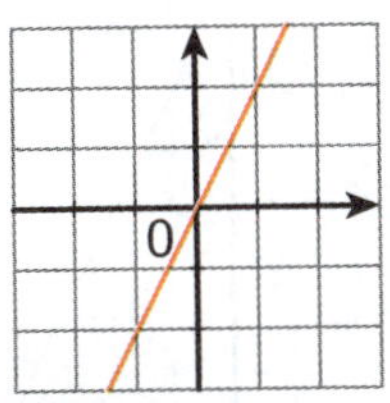

......

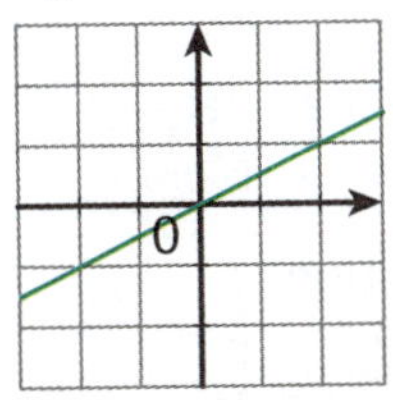

......

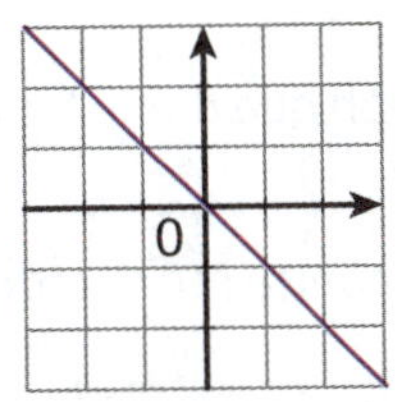

......

Inscris, sur les pointillés, le nom de la fonction linéaire correspondant au dessin.

COUP DE POUCE
Tu peux calculer $f(1)$ et chercher le graphique correspondant à cette valeur.

Comment ajouter ou enlever un pourcentage ?

Règle de calcul

Pour augmenter de 5 %, on multiplie par 1,05.
Pour diminuer de 3 %, on multiplie par 0,97.

$1{,}05 = 1 + 0{,}05$
$0{,}97 = 1 - 0{,}03$

Exemples : Pour augmenter 150 de 6 %, on calcule $150 \times 1{,}06 = 159$.
Pour diminuer 250 de 12 %, on calcule $250 \times 0{,}88 = 220$.

5 Variations en pourcentage

a. J'arrive trop tard ! Un DVD qui valait 23 € jusqu'à hier coûte maintenant 10 % de plus.

Son nouveau prix est : ....

b. J'ai bien fait d'attendre ! Un pantalon affiché 35 € est maintenant 15 % moins cher.

Son nouveau prix est : ....

c. L'an passé, il y avait 550 élèves au collège. Cet effectif a augmenté de 20 % cette année et il va diminuer de 25 % l'année prochaine.

Le nombre d'élèves sera alors : ....

CORRIGÉS P. 12

GESTION DE DONNÉES, FONCTIONS

12 Utiliser une fonction affine

Qu'est-ce qu'une fonction affine ?

Définition et exemple

Étant donné deux nombres fixés a et b, la fonction $x \mapsto ax + b$ est appelée **fonction affine**.

Exemple : Voici un tableau de valeurs de la fonction affine $x \mapsto -2x + 3$.

x	1	0	4	– 1	– 2	3
y	1	3	– 5	5	7	– 3

image de x

Si on appelle f cette fonction affine, on peut écrire : $f(1) = 1$, $f(0) = 3$, $f(4) = -5$...

« L'image de 4 est – 5 » peut s'écrire « $f(4) = -5$ ».

On dit aussi que 4 est un **antécédent** de – 5.

Représentation graphique d'une fonction affine

À partir du tableau de valeurs précédent, on place des points de coordonnées $(x ; y)$ et on trace la droite ci-contre.

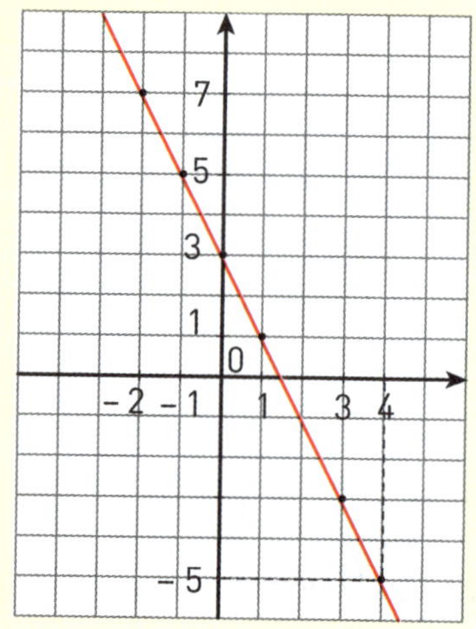

Propriété

La représentation graphique d'une fonction affine est une **droite**.

Exemple : La droite ci-contre représente la fonction affine $x \mapsto -2x + 3$.

Son **coefficient directeur** est – 2.

Son **ordonnée à l'origine** est 3 (c'est l'image de 0).

1 Questions sur la fonction affine étudiée ci-dessus

a. Sur le graphique, lis l'image de 2 : $f(2)$ = ...

Puis l'image de 0,5 : $f(0,5)$ = ... Et l'image de –1,5 : $f(-1,5)$ = ...

b. Calcule les images suivantes.

$f(2,4)$ = ... $f(0,3)$ = ... $f(-7)$ = ...

c. Le point de coordonnées (2,4 ; – 1,7) est-il sur la droite représentant la fonction affine $x \mapsto -2x + 3$? Pourquoi ? ....

....

d. Mêmes questions pour le point de coordonnées (0,3 ; 2,4).

....

e. La droite passe-t-elle par le point de coordonnées (10 ; – 17) ? Pourquoi ?

....

f. Mêmes questions pour le point de coordonnées (– 7 ; 18).

....

COUP DE POUCE

b. N'oublie pas que $f(x) = -2x + 3$

c. A-t-on $f(2,4) = -1,7$?

d. A-t-on $f(0,3) = 2,4$?

2 Étude d'une fonction affine

On considère la fonction affine $x \mapsto x - 2$.

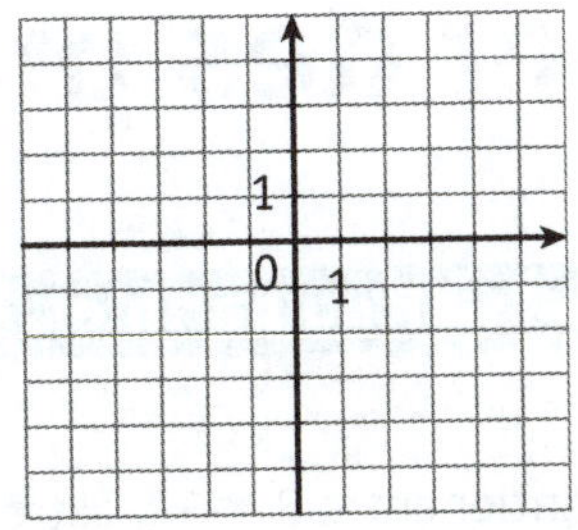

a. Complète le tableau de valeurs.

x	0	1	2	4	5	-1	-2
$x - 2$							

b. Dessine la représentation graphique.

c. Lis sur le graphique :

l'image de 3 : ....

l'image de 6 : ....

l'antécédent de -5 : ....

l'antécédent de 2 : ....

d. Calcule :

l'image de 1,5 : ....

l'image de $-0,5$: ....

l'image de 50 : ....

l'image de -20 : ....

3 On recherche *a* (coefficient directeur)

Une fonction affine f est définie par $x \mapsto ax + 3$. D'autre part, $f(-1) = 7$.

Calcule le coefficient a. ....

....

COUP DE POUCE

Résous une petite équation, ayant pour inconnue *a*.

4 On recherche *b* (ordonnée à l'origine)

Une fonction affine g est définie par $x \mapsto -2x + b$. D'autre part, $g(-1) = 7$. Calcule b.

....

5 On recherche *a* et *b*

Une fonction affine h est définie par $x \mapsto ax + b$.

D'autre part $h(0) = 5$ et $h(3) = 2$. Détermine b puis a. ....

....

Y a-t-il des fonctions affines particulières ?

- Une fonction **linéaire** est une fonction affine définie par $x \mapsto ax$. (Le nombre *b* est nul.)
- Une fonction **constante** est une fonction affine définie par $x \mapsto b$. (Le coefficient *a* est nul.)

6 Fonctions linéaires, fonctions constantes

Parmi les fonctions affines suivantes, indique les fonctions linéaires par un « L » et les fonctions constantes par un « C ».

$x \mapsto 3 - x$ ....

$x \mapsto -5$ ....

$x \mapsto 2 + 2x$ ....

$x \mapsto 3x$ ....

$x \mapsto \frac{4}{11}$ ....

$x \mapsto -\frac{4}{5}x$ ....

CORRIGÉS P. 12

13 Calculer des probabilités

Qu'appelle-t-on événements incompatibles, événements contraires ?

Événements incompatibles

On tire au hasard un nombre entier entre 3 et 12, extrémités incluses, par exemple avec un logiciel. Les dix résultats possibles sont **équiprobables**.

On note A l'événement : « obtenir un nombre premier »,
et B l'événement : « obtenir un nombre pair ».

Les événements A et B n'ont **aucune éventualité en commun**.

On dit que A et B sont **incompatibles**.

Rappel : Comme A = {3 ; 5 ; 7 ; 11} alors la probabilité de A est $P(\text{A}) = \frac{4}{10} = 0{,}4 = 40\ \%$,

d'après la formule $\boxed{P(\text{A}) = \frac{\text{nombre de cas favorables}}{\text{nombre de cas possibles}}}$

Événements contraires

On tire au hasard une carte parmi les 8 cartes de cœur.

On appelle A l'événement : « obtenir une carte avec un nombre »,
donc A = {7 ; 8 ; 9 ; 10 ; 1}.

L'événement **contraire** de A est l'événement : « obtenir une figure ». On le note $\overline{\text{A}}$.

Alors $\overline{\text{A}}$ = {valet ; dame ; roi}. De plus, $P(\text{A}) = \frac{5}{8}$ et $P(\overline{\text{A}}) = \frac{3}{8}$, et l'on a $\boxed{P(\text{A}) + P(\overline{\text{A}}) = 1}$.

Ce résultat est vrai dès que l'on a deux événements contraires.

★ 1 Choix dans un tableau

On choisit au hasard une case dans le tableau ci-contre.

♥	♠	♣	♥
♦	♥	♠	♦
♠	♦	♠	♦
♣	♥	♣	♥

a. Donne, sous forme décimale :

- la probabilité d'obtenir un cœur ....
- la probabilité d'obtenir un pique ....

b. On appelle A l'événement : « obtenir un dessin rouge ». Donne $P(\text{A}) =$ ....

Définis $\overline{\text{A}}$: ....

Calcule $P(\overline{\text{A}}) =$ ....

★ 2 La classe de 3e A

Dans la classe de 3e A, il y a 24 élèves dont 16 filles. Théa et Max sont dans cette classe.
Le professeur de mathématiques prend un nom au hasard.

a. Donne la probabilité qu'il s'agisse de Max. ....

b. Donne la probabilité qu'il s'agisse d'un garçon. ....

c. Donne la probabilité qu'il ne s'agisse pas de Théa. ....

d. On appelle G l'événement : « le professeur appelle un garçon » et F : « le professeur appelle une fille ». Entoure la ou les bonnes réponses.
G et F sont deux événements : certains   contraires   impossibles   incompatibles

3 Crayons de couleurs

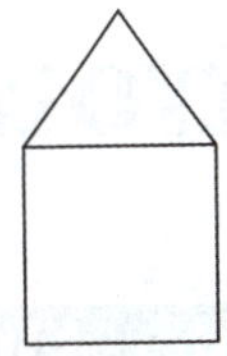

Pour colorier la maison ci-contre, on choisit au hasard 2 crayons parmi : rouge, bleu, jaune, orange et vert. Le toit et la façade sont de couleurs différentes.

a. Complète le tableau ci-dessous.

b. Donne la probabilité de l'événement « la façade est jaune et le toit est rouge ».

....

c. Donne la probabilité de l'événement : « le vert n'a pas été utilisé ».

....

Toit / Façade	R	B	J	O	V
R					
B	B R	╳			
J					
O					
V					

d. Donne la probabilité de l'événement : « le toit est rouge ». ....

e. Les événements A : « la façade est orange » et B : « le toit est jaune » sont-ils incompatibles ? Justifie. ....

INFO
L'expression « au hasard » signifie que les choix sont équiprobables.

COUP DE POUCE
b. Détermine d'abord le nombre de cas possibles.

4 Pile ou face

Kevin a lancé 3 fois une pièce bien équilibrée.

a. Pour représenter tous les résultats possibles, il utilise l'arbre ci-contre. Complète cet arbre.

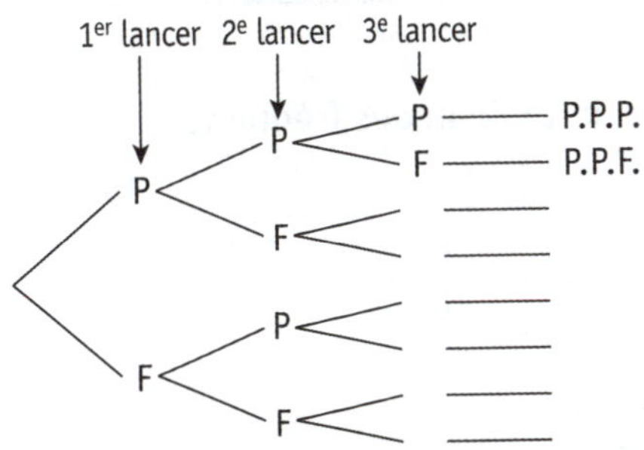

b. Quelle est la probabilité d'obtenir 3 fois pile ?

....

c. Quelle est la probabilité d'obtenir 2 fois pile et 1 fois face, dans n'importe quel ordre ? ....

d. Quelle est la probabilité d'obtenir autant de fois pile que de fois face ? ....

INFO
Avec une pièce bien équilibrée, pile et face sont équiprobables.

5 Des fréquences aux probabilités

a. Assemble le programme informatique ci-contre.
L'opérateur « nombre aléatoire entre 1 et 6 » donne un entier entre 1 et 6, extrémités comprises.

Que contient la variable *d* ? ....

....

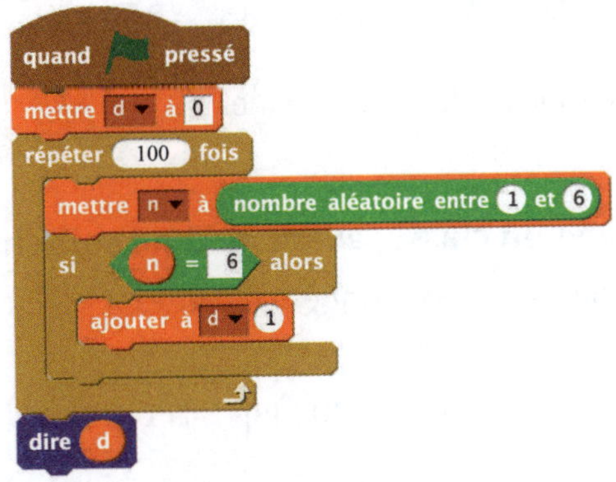

b. Afin de compléter le tableau ci-dessous, exécute 3 fois le programme.
Puis exécute-le 3 fois après avoir modifié le nombre de répétitions de la boucle : « répéter 1 000 fois », puis 3 fois avec « répéter 10 000 fois ».

Nombre de répétitions	100	100	100	1 000	1 000	1 000	10 000	10 000	10 000
***d* (nombre de 6)**									
Fréquence en %									

c. Quelle est la probabilité d'obtenir le 6 quand on lance un dé à 6 faces ? ....

d. Que constate-t-on ? ....

INFO
« Aléatoire » signifie « au hasard ».

CORRIGÉS P. 13

Retrouver les statistiques

Comment représenter et interpréter des données ?

- **Exemple :**

Les élèves d'un groupe ont été répartis selon leur taille.

Taille t (cm)	$135 \leqslant t < 140$	$140 \leqslant t < 145$	$145 \leqslant t < 150$	$150 \leqslant t < 155$	$155 \leqslant t < 160$
Effectif	3	4	8	3	2

L'effectif total est de : $3 + 4 + 8 + 3 + 2 = 20$ élèves.

- On peut représenter cette répartition par un **histogramme.**

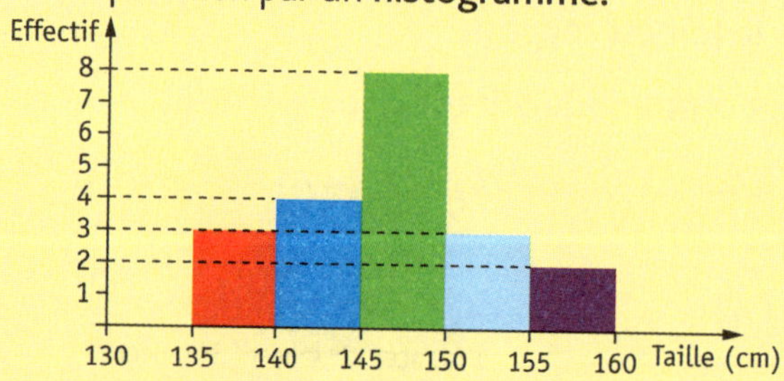

- On peut aussi établir un **tableau des fréquences.**

Taille t (cm)	[135 ; 140[	[140 ; 145[	[145 ; 150[	[150 ; 155[	[155 ; 160[
Fréquence (%)	$\frac{3}{20} = 15\%$	$\frac{4}{20} = 20\%$	$\frac{8}{20} = 40\%$	$\frac{3}{20} = 15\%$	$\frac{2}{20} = 10\%$

$$\text{Fréquence} = \frac{\text{Effectif}}{\text{Effectif total}}$$

- On peut aussi dessiner un **diagramme circulaire.**

Effectif	3	4	8	3	2	20
Angle	54°	72°	144°	54°	36°	360°

× 18

Ce tableau est un tableau de proportionnalité.

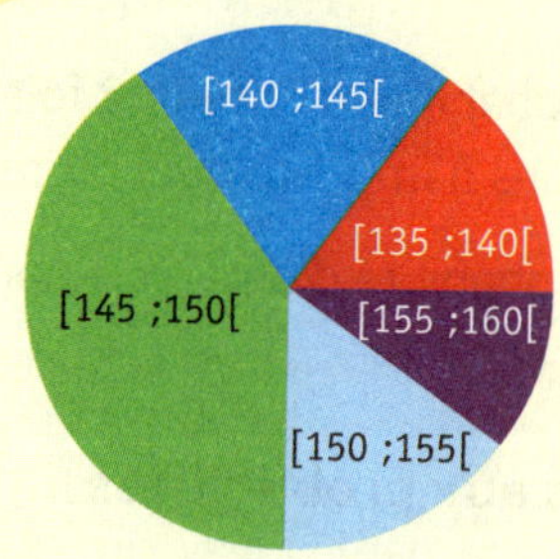

1 C'était un devoir en classe, avant qu'il ne soit en classes

Les notes obtenues à un devoir ont été réparties en 4 « classes » dans le tableau suivant :

Note	[0 ; 5[	[5 ; 10[	[10 ; 15[	[15 ; 20]
Effectif	3	10	9	6

INFO

Le mot « classe » est ici au sens statistique du terme.

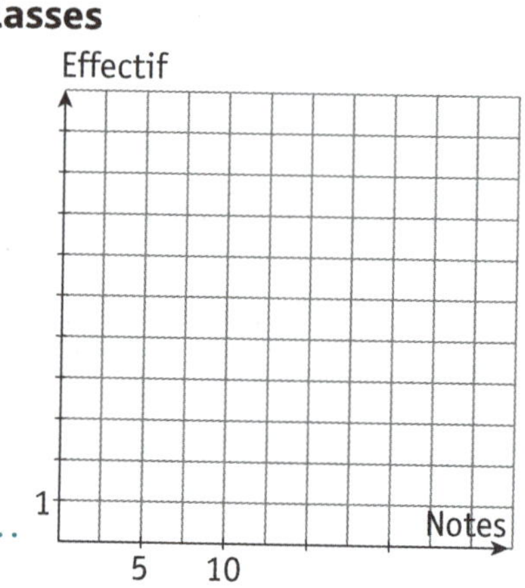

a. Représente ces résultats par un histogramme.

b. Combien y a-t-il d'élèves ayant obtenu moins de 15 ?

....

....

c. Calcule la fréquence des élèves ayant obtenu la moyenne.

....

Chouette

3e

14-15 ANS

Le guide

Maths

Les corrigés des exercices

Tous les corrigés détaillés, avec des explications complémentaires

Des infos parents

Au début des corrigés de chaque chapitre

Hatier

Test

> p. 4

NOMBRES ET CALCULS

1. Réponse b.
2. Réponse a.
3. Réponse c.
4. Réponse c.
5. Réponse a.
6. Réponse a.
7. Réponse b.
8. Réponse b.
9. Réponse b.
10. Réponse c.

GESTION DE DONNÉES, FONCTIONS

11. Réponse a.
12. Réponse b.
13. Réponse b.
14. Réponse c.

GÉOMÉTRIE ET MESURES

15. Réponse a.
16. Réponse a.
17. Réponse b.
18. Réponse b.
19. Réponse a.
20. Réponse b.
21. Réponse c.
22. Réponse a.
23. Réponse b.
24. Réponse a.

ALGORITHMIQUE ET PROGRAMMATION

25. Réponse c.

1 Développer et factoriser une expression

> p. 6

infos parents

Pour réussir en mathématiques, il faut s'entraîner à effectuer sans peine et sans faute les calculs les plus courants, comme le développement et la factorisation d'une expression en utilisant la distributivité.

1 $A = 3x(x+1) + 2x = 3x^2 + 3x + 2x = 3x^2 + 5x$

$B = (x+7)(x-2) = x^2 - 2x + 7x - 14 = x^2 + 5x - 14$

$C = (5x+6)(2x-1) = 10x^2 - 5x + 12x - 6$
$= 10x^2 + 7x - 6$

$D = (x+2)(x-5) + (x-3)(x+4)$
$= (x^2 - 3x - 10) + (x^2 + x - 12) = 2x^2 - 2x - 22$

$E = 3(x-a) + a(3-x) + x(a-3)$
$= 3x - 3a + 3a - ax + ax - 3x = 0$

$F = (x-6)(x+1) - (x+6)(x-1)$
$= (x^2 - 5x - 6) - (x^2 + 5x - 6) = -10x$

Remarque : les calculs de D et F ne sont pas totalement détaillés.

2 a. $(3x+8)(7x+2) = 21x^2 + 62x + 16$

b. $(2a+b)(4a+3) = 8a^2 + 6a + 4ab + 3b$

c. $(4x-5)(6x+3) = 24x^2 - 18x - 15$

Explication

a. On trouve d'abord le 2 (car $8 \times 2 = 16$) puis on complète en développant.

c. On trouve d'abord le 5 (car $5 \times 3 = 15$) puis on développe.

3 a. $(a+b)^2 = (a+b)(a+b) = a^2 + ab + ba + b^2$
$= a^2 + 2ab + b^2$

b. $(a-b)^2 = (a-b)(a-b) = a^2 - ab - ba + b^2$
$= a^2 - 2ab + b^2$

c. $(a+b)(a-b) = a^2 - ab + ba - b^2$
$= a^2 - b^2$

4 $A = (a-7)(a+7) + 49 = a^2 + 7a - 7a - 49 + 49 = a^2$

$B = (3b-5)(3b-5) + 30b$
$= 9b^2 - 15b - 15b + 25 + 30b$
$= 9b^2 - 30b + 25 + 30b = 9b^2 + 25$

$C = (2x+9)(2x+9) = 4x^2 + 18x + 18x + 81$
$= 4x^2 + 36x + 81$

$D = (x+4)(x+4) - 8(x+2)$
$= x^2 + 4x + 4x + 16 - 8x - 16$
$= x^2 + 8x - 8x = x^2$

$E = 121 + (2x-11)(2x+11)$
$= 121 + (4x^2 - 22x + 22x - 121) = 4x^2$

5 $A = 9a + 18 = 9a + 9 \times 2 = 9(a+2)$

$B = 7x - 7y = 7(x-y)$

$C = 2a + ax = a(2+x)$

$D = 4x^2 - x = x(4x-1)$

$E = i - i^2 = i(1-i)$

$F = 6x - 18y + 12 = 6x - 6 \times 3y + 6 \times 2 = 6(x - 3y + 2)$

6 $A = (x-2)(2x+1) + (x-2)(x+4)$
$= (x-2)[(2x+1) + (x+4)] = (x-2)(3x+5)$

$B = (a+1)(a-3) + (a+1)^2 = (a+1)\big[(a-3) + (a+1)\big]$
$= (a+1)(2a-2)$

$C = x(x+8) - 2(x+8) = (x+8)(x-2)$

$D = (3x - 2)(4x + 5) - 5(3x - 2) = (3x - 2)(4x + 5 - 5)$
$= 4x(3x - 2)$

Explication

Parfois, au cours de la factorisation, une expression entre crochets apparaît. On doit alors la réduire.

7 $A = (x + 2)^2$
$B =$ ~~$a^2 + 1$~~
$C =$ ~~$2x + 3x$~~
$D =$ ~~$x^2 + 2x$~~
$E = (2x - 3)(3 + 2x)$
$F =$ ~~$3 + 4x(3 + 4x)$~~
$G =$ ~~$x(x + 3) + 3$~~
$H = 4x^2 \times (x + 1)^2$
$I = 2x(x + 3) \times (x + 3)^2$

Explication

A est le produit $(x + 2) \times (x + 2)$. Les expressions rayées sont des sommes.

8 $A = 16x^2 + 24x = 8x(2x + 3)$
$B = ab + a = a(b + 1)$
$C = 4x^2 - 12x = 4x(x - 3)$
$D = 100r^2 - 1\,000r = 100r(r - 10)$
$E = 25x + 30x^2 - 5x = 20x + 30x^2$
$= 10x(2 + 3x)$

2 Résoudre des équations (révision)

> p. 8

infos parents

Les équations sont un outil formidable pour résoudre aisément un problème, une fois l'inconnue repérée et le problème mis en équation. Voici des équations pour s'entraîner et passer en revue les difficultés qu'on peut rencontrer.

1 **a.** $x + 5 = 3$
$x = 3 - 5$
$x = -2$
b. $x + 12 = 0$
$x = -12$
c. $x \quad 4 - 5$
$x = 5 + 4$
$x = 9$
d. $x - 7 = -5$
$x = -5 + 7$
$x = 2$

2 **a.** $2x = 12$
$x = \dfrac{12}{2}$
$x = 6$
b. $3x = 7{,}5$
$x = \dfrac{7{,}5}{3}$
$x = 2{,}5$
c. $5x = -8$
$x = -\dfrac{8}{5}$
$x = -1{,}6$
d. $4x = 0$
$x = \dfrac{0}{4}$
$x = 0$

3 **a.** $4x = 1$
$x = \dfrac{1}{4}$
b. $7x = 1$
$x = \dfrac{1}{7}$
c. $-2x = 5$
$x = \dfrac{5}{-2}$
$x = -2{,}5$
d. $-8x = -16$
$x = \dfrac{-16}{-8}$
$x = 2$

4 **a.** $2x + 3 = 5$
$2x = 5 - 3$
$2x = 2$
$x = 1$
b. $7x - 4 = 11$
$7x = 11 + 4$
$7x = 15$
$x = \dfrac{15}{7}$
c. $3x - 15 = 0$
$3x = 15$
$x = 5$

5 **a.** $8x + 12 = 0$
$8x = -12$
$x = -\dfrac{12}{8} = -1{,}5$
b. $-3x + 1{,}5 = 6$
$-3x = 6 - 1{,}5$
$-3x = 4{,}5$
$x = \dfrac{4{,}5}{-3} = -1{,}5$
c. $-2x - 30 = 20$
$-2x = 20 + 30$
$-2x = 50$
$x = \dfrac{50}{-2} = -25$

6 **a.** $2x + \pi = 5\pi$
$2x = 5\pi - \pi$
$2x = 4\pi$
$x = 2\pi$
b. $11x + 5 = 5$
$11x = 0$
$x = 0$
c. $1 + 499x = 500$
$499x = 500 - 1$
$499x - 499$
$x = 1$

Explication

a. On calcule avec la lettre π et non avec une valeur approchée.

7 **a.** $\frac{3x}{7} = \frac{9}{14}$

$\frac{6x}{14} = \frac{9}{14}$

$6x = 9$

$x = \frac{9}{6} = 1{,}5$

b. $\frac{1}{4} + \frac{x}{2} = \frac{5}{2}$

$\frac{1}{4} + \frac{2x}{4} = \frac{10}{4}$

$1 + 2x = 10$

$2x = 9$

$x = 4{,}5$

c. $\frac{x}{3} = \frac{1}{2} + \frac{x}{6}$

$\frac{2x}{6} = \frac{3}{6} + \frac{x}{6}$

$2x = 3 + x$

$2x - x = 3$

$x = 3$

8 **a.** $\frac{1}{2} = \frac{1}{3} + x$

$\frac{1}{2} - \frac{1}{3} = x$

$\frac{3}{6} - \frac{2}{6} = x$

$x = \frac{1}{6}$

b. $\frac{x}{5} + 1 - \frac{3}{10} = 0$

$\frac{2x}{10} + \frac{10}{10} - \frac{3}{10} = \frac{0}{10}$

$2x + 10 - 3 = 0$

$2x = -7$

$x = -3{,}5$

c. $\frac{7}{3} - \frac{x}{9} = -2$

$\frac{21}{9} - \frac{x}{9} = -\frac{18}{9}$

$21 - x = -18$

$-x = -39$

$x = 39$

9 **a.** $x - \frac{2}{3} = 11 \times \frac{2}{3}$

$x = \frac{22}{3} + \frac{2}{3}$

$x = \frac{24}{3} = 8$

b. $ax = 2a$

$x = \frac{2a}{a} = 2$

(car $a \neq 0$)

c. $x + a = a$

$x = a - a$

$x = 0$

d. $\frac{x}{7} - 7 = 0$

$\frac{x}{7} - \frac{49}{7} = 0$

$x - 49 = 0$

$x = 49$

Remarque : variante pour le **d.** :

$\frac{x}{7} = 7 \quad x = 7 \times 7 \quad x = 49$

3 Résoudre des problèmes avec une équation

> p. 10

infos parents

Les six petits problèmes proposés ici (trois numériques et trois géométriques) se résolvent à l'aide d'une équation.

L'important est de bien assimiler la méthode exposée en page 10, et d'apprécier son efficacité.

1 Équation : $\frac{x}{2} + 25 = 2x - 8$

$\frac{x}{2} + \frac{50}{2} = \frac{4x}{2} - \frac{16}{2}$

$x + 50 = 4x - 16$

$x - 4x = -16 - 50$

$-3x = -66$

$x = \frac{-66}{-3} = 22$

Vérification : $\frac{22}{2} + 25 = 36$ et $2 \times 22 - 8 = 36$.

Le nombre cherché est 22.

Explication

L'équation est véritablement une traduction de l'énoncé en langage mathématique.

2 Soit x le nombre d'années cherché.

Explication

Ici l'inconnue est donnée de manière indirecte : « combien d'années ? ».

Équation : $2(12 + x) = 28 + x$

Donc $24 + 2x = 28 + x$ donc $x = 4$.

Vérification : $2(12 + 4) = 32$ et $28 + 4 = 32$.

Dans 4 ans, l'âge de Jérôme sera le double de celui d'Émilie.

Conseil

À la fin, on répond par une phrase à la question posée.

3 Soit x la sixième note.

Le total des cinq premières notes est $5 \times 12 = 60$.

D'où l'équation :

$60 + x = 6 \times 13$

$60 + x = 78$

$x = 78 - 60$

$x = 18.$

Vérification : $78 \div 6 = 13$.

Gaby doit obtenir 18.

4

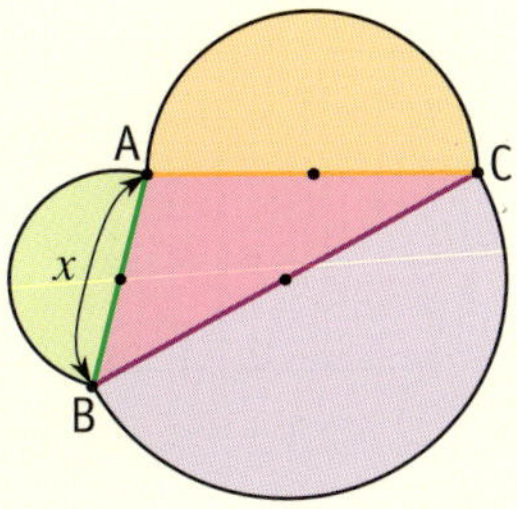

Soit $x = AB$.

Longueur totale des trois demi-cercles :

$$\frac{\pi x}{2} + \frac{\pi \times 1{,}5x}{2} + \frac{\pi \times 2x}{2} = 9\pi.$$

D'où $\frac{4{,}5\pi x}{2} = 9\pi$. Donc $4{,}5\pi x = 18\pi$

et $x = \frac{18\pi}{4{,}5\pi} = \frac{18}{4{,}5} = 4$.

Vérification :

$$\frac{\pi \times 4}{2} + \frac{\pi \times 6}{2} + \frac{\pi \times 8}{2} = 2\pi + 3\pi + 4\pi = 9\pi.$$

Donc AB = 4.

5

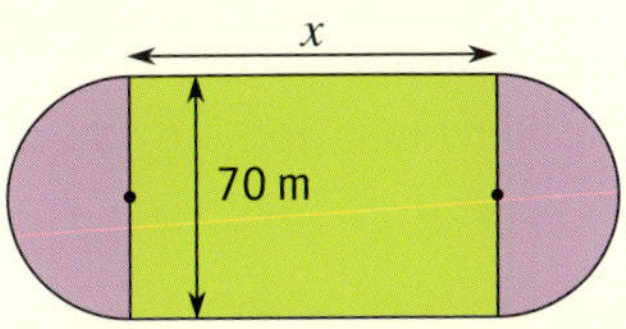

La longueur totale des deux demi-cercles est :
$\pi \times 70$ (en m).

Périmètre du terrain :
$2x + 70\pi = 430$ d'où $2x = 430 - 70\pi$.

D'où $x = 215 - 35\pi \approx 215 - 35 \times \frac{22}{7}$
$= 215 - 5 \times 22 = 105$.

Donc la longueur cherchée est d'environ 105 m.

Remarque : la valeur exacte de x est :
$215 - 35\pi$ (en m).

6

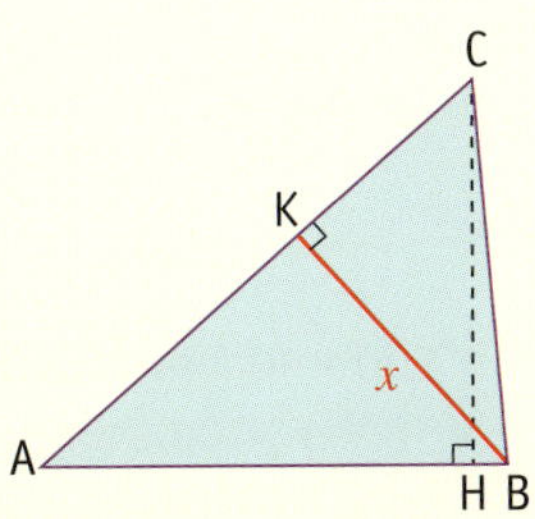

Aire d'un triangle $= \frac{\text{base} \times \text{hauteur}}{2}$.

Mais il y a trois choix possibles pour le tandem base-hauteur.

Soit $x = BK$. Aire du triangle ABC :

$$\frac{AB \times CH}{2} = \frac{12 \times 10}{2} = 60.$$

Mais c'est aussi : $\frac{AC \times BK}{2} = \frac{15 \times x}{2}$.

D'où $\frac{15x}{2} = 60$. Donc $15x = 120$ et donc $x = 8$.

Finalement, BK = 8.

4 Calculer avec des puissances

> p. 12

infos parents

Pour abréger l'écriture de $5 \times 5 \times 5 \times 5 \times 5 \times 5$, on écrit 5^6. De même $10 \times 10 \times 10 \times 10$ égale 10^4.

En Troisième, on définit aussi $5^{-2} = \frac{1}{5^2}$

et $10^{-3} = \frac{1}{10^3} = 0{,}001$.

Les opérations sur les puissances seront vues essentiellement sur des exemples.

1 **a.** 10^2 : cent ; 10^5 : cent mille ; 10^7 : dix millions ; 10^{10} : dix milliards

b. un million : 10^6 ; dix : 10^1 ; dix mille : 10^4 ; un milliard : 10^9

2 **a.** un dixième : 10^{-1} ; un centième : 10^{-2} ; un cent-millième : 10^{-5} ; un milliardième : 10^{-9}

b. 10^{-3} : un millième ; 10^{-4} : un dix-millième ; 10^{-6} : un millionième ; 10^{-7} : un dix-millionième

3 **a.** $5^4 = 5 \times 5 \times 5 \times 5 = 625$

$$5^{-3} = \frac{1}{5^3} = \frac{1}{125} = 0{,}008$$

$$2^{-2} = \frac{1}{2^2} = \frac{1}{4} = 0{,}25$$

$10^{-1} = 0{,}1$

$$4^{-3} = \frac{1}{4^3} = \frac{1}{64} = 0{,}015625$$

b. $7^5 \times 7^{-3} = 7^2 = 49$

$9^2 \times 9 = 9^3 = 729$

$10^6 \times 10^{-4} = 10^2 = 100$

$$2^{-4} \times 2^{-1} = \frac{1}{2^4} \times \frac{1}{2} = \frac{1}{2^5} = \frac{1}{32} = 0{,}03125$$

$$4^3 \times 4^{-5} = 4^3 \times \frac{1}{4^5} = \frac{1}{4^2} = \frac{1}{16} = 0{,}0625$$

4 **a.** $5^8 \times 5^{-10} = 5^8 \times \frac{1}{5^{10}} = \frac{5^8}{5^{10}} = \frac{1}{5^2} = \frac{1}{25} = 0{,}04$

$3^5 \times 3^3 = 3^8 = 6\,561$

$3^7 \times 3^{-4} = \frac{3^7}{3^4} = 3^3 = 27$

$8^6 \times 8^{-7} = 8^6 \times \frac{1}{8^7} = \frac{8^6}{8^7} = \frac{1}{8} = 0{,}125$

b. $2^{-4} \times 2^{-1} = \frac{1}{2^4} \times \frac{1}{2} = \frac{1}{2^5} = \frac{1}{32} = 0{,}03125$

$7^5 \times 7^{-1} = \frac{7^5}{7} = 7^4 = 2\,401$

$4^5 \times 4^{-6} = \frac{4^5}{4^6} = \frac{1}{4} = 0{,}25$

$1^{500} = 1$

5 **a.** $0{,}1^2 = 0{,}1 \times 0{,}1 = 0{,}01$

$0{,}01^2 = 0{,}01 \times 0{,}01 = 0{,}0001$

$10^3 \times 0{,}01 = 1\,000 \times 0{,}01 = 10$

$10^{-3} \times 10 = 0{,}001 \times 10 = 0{,}01$

b. $\frac{0{,}01}{10^3} = \frac{0{,}01}{1000} = 0{,}00001 = 10^{-5}$

$\frac{10}{10^4} = \frac{10}{10\,000} = \frac{1}{1000} = 10^{-3}$

$\frac{10^{-4}}{10^2} = \frac{0{,}0001}{100} = 0{,}000001 = 10^{-6}$

6 **a.** $\frac{3^5}{3^2} = 3^3 = 27$; $\frac{2^4}{2^5} = \frac{1}{2} = 0{,}5$; $\frac{7^4}{7^4} = 1$;

$\frac{4^5}{4^3} = 4^2 = 16$; $\frac{25^3}{25^4} = \frac{1}{25} = 0{,}04$.

b. $\frac{5}{5^3} = \frac{1}{5^2} = \frac{1}{25} = 0{,}04$;

$\frac{10^4}{10^7} = \frac{1}{10^3} = \frac{1}{1000} = 0{,}001$; $\frac{6^3}{6^4} = \frac{1}{6}$;

$\frac{100^2}{100} = \frac{100 \times 100}{100} = 100$; $\frac{10^3}{10^2} = \frac{1\,000}{100} = 10$.

7 $(0{,}25)^{-2} = 16$; $(0{,}2)^{-4} = 625$; $(0{,}125)^{-3} = 512$

$(0{,}5)^{-5} = 32$; $4^{-3} = \frac{1}{4^3} = \frac{1}{64} = 0{,}015625$

$(0{,}1)^{-2} = 100$; $(0{,}02)^{-2} = 2\,500$; $(0{,}01)^{-3} = 1\,000\,000$.

Il faut donc entourer 4^{-3}.

8

	A	B	C
I	2	4	3
II	4	8	4
III	3	4	3

	A	B	C
I	5	1	2
II	1	2	5
III	2	1	6

Explication

$243 = 3^5$; $484 = 22^2$; $343 = 7^3$.
$512 = 2^9$; $125 = 5^3$; $216 = 6^3$; $121 = 11^2$; $256 = 2^8$.

5 Utiliser les puissances

> p. 14

infos parents

Après avoir rappelé les règles de multiplication et de division par une puissance de 10, on explicite la notation scientifique. Les exercices qui utilisent ces notions sont tirés d'exemples scientifiques ou de la « vie courante ».

1 **a.** hauteur $= 10\,000 \times 10^{-2} = 10^4 \times 10^{-2} = 10^2$
$= 100$ cm.

b. Le problème revient à chercher le nombre de dixièmes de mg dans un quintal.

1 q = 100 kg = 100 000 g = $10^5 \times 10^3$ mg
$= 10^8$ mg $= 10^9$ dixième de mg.

Donc, nombre de grains de sable $= 10^9 = 1$ milliard.

c. Chacun reçoit : $\frac{10 \times 10^9}{10^6} = \frac{10^{10}}{10^6} = 10^4$

soit 10 000 €.

2 **a.** 5 L = 5 dm³ = 5×10^6 mm³.

Nombre de globules rouges :

$4{,}8 \times 10^6 \times 5 \times 10^6 = 4{,}8 \times 5 \times 10^6 \times 10^6$
$= 24 \times 10^{12}$ soit 24 billions de globules rouges.

b. Nombre de globules blancs :

$8 \times 10^3 \times 5 \times 10^6 = 8 \times 5 \times 10^3 \times 10^6$
$= 40 \times 10^9$ soit 40 milliards de globules blancs.

3 On convertit tout en nm.

(V) : 30 nm

(B) : 0,5 µm $= 0{,}5 \times 10^{-6}$ m $= 500 \times 10^{-9}$ m $= 500$ nm

(A) : 2×10^{-11} m $= 2 \times 10^{-2} \times 10^{-9}$ m $= 0{,}02$ nm

(M) : 1×10^{-9} m $= 1$ nm

(L) : 6 µm $= 6 \times 10^{-6}$ m $= 6\,000$ nm

Donc (A) < (M) < (V) < (B) < (L).

4 **a.** 6 000 milliards de milliards de tonnes
$= 6 \times 10^3 \times 10^9 \times 10^9$ tonnes $= 6 \times 10^{21}$ tonnes
$= 6 \times 10^{21} \times 10^3$ kg $= 6 \times 10^{24}$ kg.
b. Distance en un an : $2\pi \times 150$ millions
$= 2\pi \times 150 \times 10^6 \approx 94 \times 10^7$ km soit $9{,}4 \times 10^8$ km.
Distance en une heure : $\dfrac{9{,}4 \times 10^8}{365 \times 24} \approx 108\,000$ km.

5 En 24 h, il y a : $10 \times 2^{24} \approx 1{,}7 \times 10^8$ bactéries en notation scientifique.
En 3 jours, il y a : $10 \times 2^{72} \approx 4{,}7 \times 10^{22}$ bactéries.
C'est énorme !

6 Hauteur $= 0{,}25 \times \dfrac{4 \times 10^9}{10^2}$ mm
$= 10^7$ mm $= 10^4$ m $= 10$ km.

7 **a.** $\dfrac{7{,}5 \times 10^9}{103 \times 10^6} \approx 73$ hab./km^2.
b. $2 \times 7{,}5 \times 10^9$ L $= 15 \times 10^9$ L $= 15 \times 10^6$ m^3
$= 15$ millions de m^3.

8 **a.** Nombre de galaxies : $130 \times 10^9 = 1{,}3 \times 10^{11}$.
Nombre d'étoiles dans la Voie lactée :
$234 \times 10^9 = 2{,}34 \times 10^{11}$.
b. Estimation du nombre d'étoiles dans l'univers exploré : $(100 \times 10^9) \times (130 \times 10^9) = 10^{11} \times 130 \times 10^9$
$= 130 \times 10^{20} = 1{,}3 \times 10^{22}$. C'est un nombre fantastique !

6 Décomposer un nombre entier en facteurs premiers

> p. 16

infos parents

Après avoir rappelé ce qu'est un diviseur d'un entier, on arrive tout naturellement à la notion de nombre premier. La liste des nombres premiers inférieurs à 100 permettra de résoudre les premiers exercices. Le chapitre se termine par la propriété de décomposition d'un nombre entier composé en un produit de facteurs premiers.

1 89 (657) 79 (160) (92) (225) (111 111) (143) 101

Explication
89 est dans la liste des nombres premiers. 79 et 101 aussi. Pour les autres nombres, on applique les critères de divisibilité. 657, 225 et 111 111 sont divisibles par 3 donc composés. 160 et 92 sont pairs donc composés. 143 = 11 × 13. Il est donc composé.

2

$$\begin{array}{r|l} 294 & 2 \\ 147 & 3 \\ 49 & 7 \\ 7 & 7 \\ 1 & \end{array} \qquad \begin{array}{r|l} 330 & 2 \\ 165 & 3 \\ 55 & 5 \\ 11 & 11 \\ 1 & \end{array}$$

Donc $294 = 2 \times 3 \times 7^2$ $\quad 330 = 2 \times 3 \times 5 \times 11$

$$\begin{array}{r|l} 387 & 3 \\ 129 & 3 \\ 43 & 43 \\ 1 & \end{array} \qquad \begin{array}{r|l} 546 & 2 \\ 273 & 3 \\ 91 & 7 \\ 13 & 13 \\ 1 & \end{array}$$

Donc $387 = 3^2 \times 43$ $\quad 546 = 2 \times 3 \times 7 \times 13$

3

$$\begin{array}{r|l} 60 & 2 \\ 30 & 2 \\ 15 & 3 \\ 5 & 5 \\ 1 & \end{array} \qquad \begin{array}{r|l} 225 & 5 \\ 45 & 5 \\ 9 & 3 \\ 3 & 3 \\ 1 & \end{array}$$

Donc $60 = 2^2 \times 3 \times 5$ $\quad 225 = 3^2 \times 5^2$

$$\begin{array}{r|l} 264 & 2 \\ 132 & 2 \\ 66 & 2 \\ 33 & 3 \\ 11 & 11 \\ 1 & \end{array} \qquad \begin{array}{r|l} 1\,430 & 2 \\ 715 & 5 \\ 143 & 11 \\ 13 & 13 \\ 1 & \end{array}$$

Donc $264 = 2^3 \times 3 \times 11$ $\quad 1\,430 = 2 \times 5 \times 11 \times 13$

4 **a.** Pour les nombres composés, le programme affiche le plus petit facteur premier. 2 023 est composé. 2 027 est premier. 1 987 654 321 est composé.
b. $2 + 1 = 3$: premier.
$2 \times 3 + 1 = 7$: premier.
$2 \times 3 \times 5 + 1 = 31$: premier.
$2 \times 3 \times 5 \times 7 + 1 = 211$: premier.
$2 \times 3 \times 5 \times 7 \times 11 + 1 = 2\,311$: premier.
c. $2 \times 3 \times 5 \times 7 \times 11 \times 13 + 1 = 30\,031$ qui est divisible par 59 et donc composé.
Donc ce procédé ne donne pas que des nombres premiers.

5 **a.** $18 = 13 + 5 = 11 + 7$
$30 = 23 + 7$
$40 = 23 + 17$
$54 = 31 + 23$
$62 = 59 + 3$
$98 = 79 + 19$ (Il y a d'autres réponses.)
b. On a par exemple :
$2\,000 = 3 + 1\,997$ (On vérifie que 1 997 est premier.)
$2\,002 = 3 + 1\,999$ (On vérifie que 1 999 est premier.)
$2\,004 = 5 + 1\,999$
$2\,006 = 3 + 2\,003$ (On vérifie que 2 003 est premier.)

6 Par exemple : 17 et 71, 37 et 73, 79 et 97.
Ces paires se trouvent dans la liste des nombres premiers à deux chiffres.
Parmi les nombres à trois chiffres, on a : 107 et 701, 113 et 311, 149 et 941, etc.
Et puis, on a aussi : 101 et 101, 131 et 131, etc. Ce sont des nombres premiers « palindromes ».

7 Rendre une fraction irréductible

> p. 18

infos parents

Il est indispensable de savoir simplifier des fractions jusqu'à les rendre irréductibles.
Donner $\frac{2}{4}$ comme résultat à un problème pourrait bien agacer le correcteur...

1 a. $\frac{273}{210} = \frac{91}{70} = \frac{13}{10}$.
Simplifications par 3 puis par 7.

b. $\frac{4\,080}{3\,120} = \frac{408}{312} = \frac{204}{156} = \frac{102}{78} = \frac{51}{39} = \frac{17}{13}$.
Simplifications par 10, 2, 2, 2 et 3.

c. $\frac{1\,980}{2\,340} = \frac{198}{234} = \frac{99}{117} = \frac{11}{13}$.
Simplifications par 10, 2 et 9.

d. $\frac{5\,346}{7\,128} = \frac{2\,673}{3\,564} = \frac{891}{1\,188} = \frac{99}{132} = \frac{33}{44} = \frac{3}{4}$.
Simplifications par 2, 3, 9, 3 et enfin 11.

e. $\frac{840}{756} = \frac{420}{378} = \frac{210}{189} = \frac{70}{63} = \frac{10}{9}$.
Simplifications par 2, 2, 3 et 7.

f. $\frac{1\,575}{2\,475} = \frac{315}{495} = \frac{63}{99} = \frac{7}{11}$.
Simplifications par 5, 5 et 9.

2

Dénominateur \ Numérateur	4	6	7	10
2	$\frac{2}{1}$	$\frac{3}{1}$	$\frac{7}{2}$	$\frac{5}{1}$
3	$\frac{4}{3}$	$\frac{2}{1}$	$\frac{7}{3}$	$\frac{10}{3}$
4	$\frac{1}{1}$	$\frac{3}{2}$	$\frac{7}{4}$	$\frac{5}{2}$
5	$\frac{4}{5}$	$\frac{6}{5}$	$\frac{7}{5}$	$\frac{2}{1}$

Dénominateur \ Numérateur	3	28	36	5
2	$\frac{3}{2}$	$\frac{14}{1}$	$\frac{18}{1}$	$\frac{5}{2}$
35	$\frac{3}{35}$	$\frac{4}{5}$	$\frac{36}{35}$	$\frac{1}{7}$
27	$\frac{1}{9}$	$\frac{28}{27}$	$\frac{4}{3}$	$\frac{5}{27}$
12	$\frac{1}{4}$	$\frac{7}{3}$	$\frac{3}{1}$	$\frac{5}{12}$

3 a. $\frac{364}{280} = \frac{182}{140} = \frac{91}{70} = \frac{13}{10}$
et $\frac{3+6+4}{2+8+0} = \frac{13}{10}$.
Donc $a = b$.

b. $\frac{392}{224} = \frac{196}{112} = \frac{98}{56} = \frac{49}{28} = \frac{7}{4}$
et $\frac{3+9+2}{2+2+4} = \frac{14}{8} = \frac{7}{4}$.
Donc $\frac{392}{224} = \frac{3+9+2}{2+2+4}$.

c. $\frac{714}{952} = \frac{357}{476} = \frac{119 \times 3}{119 \times 4} = \frac{3}{4}$
et $\frac{7+1+4}{9+5+2} = \frac{12}{16} = \frac{3}{4}$.
Donc $\frac{714}{952} = \frac{7+1+4}{9+5+2}$.

Remarque : Ce procédé n'est pas universel. Les exemples donnés ont été bien choisis.

4 a. $264 = 2^3 \times 3 \times 11$
$252 = 2^2 \times 3^2 \times 7$
$\frac{264}{252} = \frac{2 \times 2 \times 2 \times 3 \times 11}{2 \times 2 \times 3 \times 3 \times 7} = \frac{2 \times 11}{3 \times 7} = \frac{22}{21}$

b. $592 = 2^4 \times 37$
$518 = 2 \times 7 \times 37$
donc $\frac{592}{518} = \frac{2^4 \times 37}{2 \times 7 \times 37} = \frac{8}{7}$

5 a. $8\,085 = 3 \times 5 \times 7^2 \times 11$

$1\,638 = 2 \times 3^2 \times 7 \times 13$

donc $\frac{8\,085}{1638} = \frac{3 \times 5 \times 7 \times 7 \times 11}{2 \times 3 \times 3 \times 7 \times 13} = \frac{385}{78}$

b. $1\,092 = 2^2 \times 3 \times 7 \times 13$

$728 = 2^3 \times 7 \times 13$

donc $\frac{1092}{728} = \frac{2 \times 2 \times 3 \times 7 \times 13}{2 \times 2 \times 2 \times 7 \times 13} = \frac{3}{2}$

6 a. F n'est pas irréductible car le numérateur et le dénominateur sont divisibles par 3. En effet :

$3 + 1 + 2 + 4 + 6 + 1 + 1 + 6 + 6 + 9 = 39 = 3 \times 13$

et $3 + 1 + 3 + 7 + 4 + 4 + 3 + 7 + 1 = 33 = 3 \times 11$.

Ainsi le critère de divisibilité par 3 permet de conclure.

b. Ce programme peut être enregistré pour une utilisation ultérieure.

On trouve :

$3\,124\,611\,669 = 3 \times 1\,009 \times 1\,013 \times 1\,019$

$3\,130\,744\,371 = 3 \times 1\,009 \times 1\,013 \times 1\,021$.

c. $F = \frac{3 \times 1009 \times 1013 \times 1019}{3 \times 1009 \times 1013 \times 1021} = \frac{1019}{1021}$.

8 Connaître les racines carrées

> p. 20

infos parents

Avec leur nom poétique et inoubliable, les « racines carrées » sont indispensables pour calculer des longueurs de segments, et pour de nombreux autres domaines des mathématiques ou des sciences.

1 a. $\sqrt{121} = 11$
b. $\sqrt{1} = 1$
c. $\sqrt{0} = 0$
d. $\sqrt{0{,}0001} = 0{,}01$
e. $\sqrt{256} = 16$
f. $\sqrt{49} = 7$
g. $\sqrt{2{,}56} = 1{,}6$
h. $\sqrt{25} = 5$
i. $\sqrt{16} = 4$

Conseil

Il est utile de bien connaître les tables de multiplication.

2 a. $2 < \sqrt{6} < 3$
b. $3 < \sqrt{10} < 4$
c. $4 < \sqrt{20} < 5$
d. $5 < \sqrt{32} < 6$
e. $8 < \sqrt{79} < 9$
f. $10 < \sqrt{110} < 11$
g. $11 < \sqrt{140} < 12$
h. $7 < \sqrt{53} < 8$
i. $4 < \sqrt{17} < 5$

3 Les égalités fausses sont : b, d, f et g.

En effet pour le b. $\sqrt{0{,}04} = 0{,}2$; d. $\sqrt{0{,}0625} = 0{,}25$; f. $\sqrt{100} = 10$ et g. $\sqrt{9} = 3$.

4

x	9	81	0,64	49	25	625	81	0,16	1
$\sqrt{x}$	3	9	0,8	7	5	25	9	0,4	1

5 a. $\sqrt{18} \approx 4{,}243$
b. $\sqrt{40} \approx 6{,}325$
c. $\sqrt{2} \approx 1{,}414$
d. $\sqrt{2\,023} \approx 44{,}978$
e. $\sqrt{7} \approx 2{,}646$
f. $\sqrt{1\,024} = 32$
g. $\sqrt{99} \approx 9{,}950$
h. $\sqrt{69} \approx 8{,}307$

6 a. $\sqrt{8} < \sqrt{11} < \sqrt{16} < \sqrt{24} < 5 < \sqrt{49} < \sqrt{50} < 9 < 10 < 11 < \sqrt{141} < 12$

b. $\sqrt{144} > \sqrt{101} > \sqrt{64} > 6 > \sqrt{34} > \sqrt{10} > 3 > 2 > \sqrt{3} > \sqrt{2}$

7 a. $\sqrt{144} = 12$; $\sqrt{441} = 21$. On observe que la racine du renversé est le renversé de la racine !

b. $\sqrt{12\,769} = 113$; $\sqrt{96\,721} = 311$.

c. $\sqrt{10\,609} = 103$; $\sqrt{90\,601} = 301$.

d. Non ! Par exemple $\sqrt{196} = 14$ et $\sqrt{691} \neq 41$.

e. Il s'agit de 13. $\sqrt{169} = 13$ et $\sqrt{961} = 31$.

8

a. $\sqrt{34\,225} = 185$; $\sqrt{4\,225} = 65$; $\sqrt{225} = 15$; $\sqrt{25} = 5$.

b. $\sqrt{275\,625} = 525$; $\sqrt{75\,625} = 275$;

$\sqrt{5\,625} = 75$; $\sqrt{625} = 25$; $\sqrt{25} = 5$;

donc oui.

c. $\sqrt{81\,225} = 285$; $\sqrt{1\,225} = 35$; $\sqrt{225} = 15$; $\sqrt{25} = 5$;

donc oui.

$\sqrt{4\,950\,625} = 2\,225$; $\sqrt{950\,625} = 975$;

$\sqrt{50\,625} = 225$; $\sqrt{625} = 25$; $\sqrt{25} = 5$;

donc oui aussi.

Explication

Pour chacun de ces exemples, en supprimant le chiffre de gauche, on obtient encore un carré.

9 Utiliser la différence de deux carrés

> p. 22

infos parents

L'identité remarquable $a^2 - b^2 = (a+b)(a-b)$ permet aussi bien de développer que de factoriser des expressions. C'est un outil fort efficace pour résoudre des équations « avec produit nul », ce que nous traiterons dans le chapitre suivant.

1 $(a+b)(a-b) = a \times a - a \times b + b \times a - b \times b$
$= a^2 - ab + ab - b^2 = a^2 - b^2$.

2 **a.** $(a+3)(a-3) = a^2 - 3^2 = a^2 - 9$
b. $(x-11)(x+11) = x^2 - 11^2 = x^2 - 121$
c. $(x+1)(x-1) = x^2 - 1^2 = x^2 - 1$
d. $(7-y)(7+y) = 7^2 - y^2 = 49 - y^2$
e. $(a-2)(2+a) = (a-2)(a+2) = a^2 - 2^2 = a^2 - 4$
f. $\left(x+\frac{1}{2}\right)\left(x-\frac{1}{2}\right) = x^2 - \left(\frac{1}{2}\right)^2 = x^2 - \frac{1}{4}$

3 **a.** $(10x+5)(10x-5) = (10x)^2 - 5^2 = 100x^2 - 25$
b. $(12-11a)(12+11a) = 12^2 - (11a)^2 = 144 - 121a^2$
c. $(5x+6)(5x-6) = (5x)^2 - 6^2 = 25x^2 - 36$
d. $(2x+1)(2x-1) = (2x)^2 - 1^2 = 4x^2 - 1$
e. $(x+\sqrt{2})(x-\sqrt{2}) = x^2 - (\sqrt{2})^2 = x^2 - 2$
f. $(\sqrt{13}+a)(\sqrt{13}-a) = (\sqrt{13})^2 - a^2 = 13 - a^2$

4 $A = (a-6)(a+6) + 36 = a^2 - 6^2 + 36$
$= a^2 - 36 + 36 = a^2$
$B = 121 + (3x+11)(3x-11) = 121 + (3x)^2 - 11^2$
$= 121 + 9x^2 - 121 = 9x^2$

5 **a.** $a^2 - 4 = a^2 - 2^2 = (a+2)(a-2)$
b. $x^2 - 1 = x^2 - 1^2 = (x+1)(x-1)$
c. $16 - x^2 = 4^2 - x^2 = (4+x)(4-x)$
d. $x^2 - 144 = x^2 - 12^2 = (x-12)(x+12)$
e. $x^2 - 7 = x^2 - \sqrt{7}^2 = (x+\sqrt{7})(x-\sqrt{7})$
f. $49 - y^2 = 7^2 - y^2 = (7-y)(7+y)$

6 **a.** $4x^2 - 9 = (2x)^2 - 3^2 = (2x-3)(2x+3)$
b. $25x^2 - 16 = (5x)^2 - 4^2 = (5x-4)(5x+4)$
c. $9x^2 - 1 = (3x)^2 - 1^2 = (3x+1)(3x-1)$
d. $100 - 4x^2 = 10^2 - (2x)^2 = (10-2x)(10+2x)$
e. $64a^2 - 36 = (8a)^2 - 6^2 = (8a+6)(8a-6)$
f. $2 - x^2 = (\sqrt{2})^2 - x^2 = (\sqrt{2}+x)(\sqrt{2}-x)$

7 Soit a le côté du grand carré et b celui du petit carré.
On a $a - b = 70$ et $a + b = 120$.
L'aire du grand carré est a^2 celle du petit carré est b^2, donc $a^2 - b^2 = (a+b)(a-b) = 120 \times 70 = 8\,400$.
Soit 8 400 m².

8 **a.** $a^2 = \left(\frac{11}{13}\right)^2 = \frac{121}{169}$

$b^2 = \left(\frac{2}{13}\right)^2 = \frac{4}{169}$

$a^2 - b^2 = \frac{121}{169} - \frac{4}{169} = \frac{117}{169} = \frac{9 \times 13}{13 \times 13} = \frac{9}{13}$

b. On a : $a - b = \frac{11}{13} - \frac{2}{13} = \frac{11-2}{13} = \frac{9}{13}$
donc $a^2 - b^2 = a - b$.
c. Oui, on pouvait le prévoir car :
$a + b = \frac{11}{13} + \frac{2}{13} = \frac{13}{13} = 1$,
et comme $a^2 - b^2 = (a-b)(a+b)$, en remplaçant $a+b$ par 1, on obtient $a^2 - b^2 = a - b$.

9 **a.** $8^3 - 8 = 512 - 8 = 504$ et $504 = 7 \times 8 \times 9$.
b. $11^3 - 11 = 1320 = 132 \times 10 = 10 \times 11 \times 12$.
c. $x^3 - x = x(x^2-1) = x(x+1)(x-1)$. Or $(x-1)$, x, $(x+1)$ sont 3 entiers consécutifs, d'où le résultat.

10 Connaître et utiliser la propriété d'un produit nul

> p. 24

infos parents

Dans ce chapitre, on apprend à utiliser la propriété d'un produit nul, pour résoudre des équations que l'on écrit sous forme d'un produit de facteurs, égal à 0. On apprend, aussi, à résoudre l'équation $x^2 = a$ avec cette méthode.

1 **a.** $(x-1)(x+5) = 0$.
$x - 1 = 0$ ou $x + 5 = 0$. Donc $x = 1$ ou $x = -5$.
Vérifions que 1 est solution :
$(1-1)(1+5) = 0 \times (1+5) = 0$.
Vérifions que -5 est solution :
$(-5-1)(-5+5) = (-5-1) \times 0 = 0$.

b. $(2x-3)(x-6)=0$.
$2x-3=0$ ou $x-6=0$. Donc $2x=3$ ou $x=6$.
Donc $x=\frac{3}{2}$ ou $x=6$.
c. $x(5x+9)=0$.
$x=0$ ou $5x+9=0$. Donc $x=0$ ou $x=-\frac{9}{5}$.

Explication
Pour vérifier on remplace *x* par les valeurs trouvées et on doit obtenir 0. Exemples :
b. $\left(2\times\frac{3}{2}-3\right)\left(\frac{3}{2}-6\right)=(3-3)\left(\frac{3}{2}-6\right)=0$
c. $\left(-\frac{9}{5}\right)\times\left(5\times\left(-\frac{9}{5}\right)+9\right)=\left(-\frac{9}{5}\right)\times(-9+9)=0$

2 **a.** $4x^2-121=(2x)^2-11^2=(2x-11)(2x+11)$
b. On remplace $4x^2-121$ par $(2x-11)(2x+11)$
$(2x-11)(2x+11)=0$ donc
$2x-11=0$ ou $2x+11=0$ donc
$2x=11$ ou $2x=-11$ donc
$x=\frac{11}{2}$ ou $x=-\frac{11}{2}$
On vérifie que $\frac{11}{2}$ est solution de l'équation
$4x^2-121=0$
$4\times\left(\frac{11}{2}\right)^2-121=4\times\frac{121}{4}-121=0$.
De même pour $-\frac{11}{2}$.
Conclusion : $\frac{11}{2}$ et $-\frac{11}{2}$ sont les solutions de
$4x^2-121=0$

3 **a.** $(7x+1)(10x-6)+(6x+10)(5x-3)$
$=7x\times10x-7x\times6+10x-6+6x\times5x-6x\times3+50x-30$
$=70x^2-42x+10x-6+30x^2-18x+50x-30$
$=100x^2-32x+32x-36=100x^2-36$
b. $100x^2-36=(10x)^2-6^2=(10x-6)(10x+6)$
c. Prenons la forme factorisée de *E*.
$E=0$ donc $(10x-6)(10x+6)=0$
Donc $10x-6=0$ ou $10x+6=0$
Donc $x=\frac{6}{10}=0{,}6$ ou $x=\frac{-6}{10}=-0{,}6$
On vérifie que 0,6 et –0,6 sont solutions de $E=0$
$100\times(0{,}6)^2-36=100\times0{,}36-36=36-36=0$
De même pour –0,6.
Conclusion : L'équation $E=0$ a pour solutions 0,6 et –0,6.

4 **a.** $x^2=121$ donc $x^2-121=0$ donc $x^2-11^2=0$
donc $(x-11)(x+11)=0$
donc $x-11=0$ ou $x+11=0$
donc $x=11$ ou $x=-11$.
Après la vérification, on peut conclure que 11 et –11 sont les solutions de $x^2=121$.
b. $x^2=5$ donc $x^2-5=0$ donc $x^2-(\sqrt{5})^2=0$
donc $(x-\sqrt{5})(x+\sqrt{5})=0$
donc $x-\sqrt{5}=0$ ou $x+\sqrt{5}=0$
donc $x=\sqrt{5}$ ou $x=-\sqrt{5}$
On conclut, après vérification :
$\sqrt{5}$ et $-\sqrt{5}$ sont les solutions de $x^2=5$.
c. $x^2-1=1$ donc $x^2-2=0$
donc $x^2-(\sqrt{2})^2=0$ donc $(x-\sqrt{2})(x+\sqrt{2})=0$
Avec la méthode habituelle, on conclut que $\sqrt{2}$ et $-\sqrt{2}$ sont solutions de l'équation.

5 **a.** $\frac{x}{6}=\frac{24}{x}$ donc $x\times x=6\times24$
donc $x^2=144$ donc $x^2-144=0$
donc $x^2-12^2=0$ donc $(x-12)(x+12)=0$
Avec la méthode habituelle, on obtient
$x=12$ ou $x=-12$
Vérification : $\frac{12}{6}=2$; $\frac{24}{12}=2$ donc 12 est solution.
$-\frac{12}{6}=-2$; $\frac{24}{-12}=-2$ donc –12 est solution.
12 et –12 sont les solutions de l'équation.
b. $\frac{x-1}{3}=\frac{5}{x+1}$ donc $(x-1)(x+1)=3\times5$
donc $x^2-1=15$ donc $x^2-16=0$
donc $x^2-4^2=0$ donc $(x+4)(x-4)=0$
On obtient $x=-4$ et $x=+4$.
Vérification pour $x=4$.
$\frac{4-1}{3}=\frac{3}{3}=1$ et $\frac{5}{4+1}=\frac{5}{5}=1$
Donc 4 est solution.
Vérification pour $x=-4$.
$\frac{-4-1}{3}=\frac{-5}{3}$ et $\frac{5}{-4+1}=\frac{5}{-3}=\frac{-5}{3}$.
Donc –4 est solution.
Conclusion : –4 et 4 sont les solutions de l'équation.

11 Utiliser une fonction linéaire

> p. 26

infos parents

À partir de la proportionnalité, on introduit les notions de fonction, d'image, d'antécédent.
On apprend aussi à représenter graphiquement les fonctions les plus simples : les fonctions linéaires.

1 a. $f(4) = 10$; $f(3) = 7{,}5$; $f(-2) = -5$.

Explication

On vise 4 sur l'axe des abscisses, on trace un segment vertical jusqu'à la droite rouge, suivi d'un segment horizontal jusqu'à l'axe des ordonnées. On peut alors lire l'image de 4.

b. $f(0{,}3) = 2{,}5 \times 0{,}3 = 0{,}75$; $f(2{,}5) = 2{,}5 \times 2{,}5 = 6{,}25$; $f(12) = 2{,}5 \times 12 = 30$.

Remarque : 12 a une image que l'on sait calculer, même si le graphique est trop petit pour la représenter.

c. $2{,}5 \times (-1) = -2{,}5$ donc ce point est sur la droite.

d. $2{,}5 \times 2{,}5 = 6{,}25$ et $6{,}25 \neq 6$ donc ce point n'est pas sur la droite.

2 À gauche, la courbe de la fonction n'est pas une droite. À droite, la fonction est certes représentée par une droite, mais celle-ci ne passe pas par l'origine.

Explication

Une fonction linéaire est représentée par une droite passant par l'origine.

3 a.

x	0	1	2	6	-1	-3	-6
$-\frac{1}{2}x$	0	$-\frac{1}{2}$	-1	-3	$\frac{1}{2}$	$\frac{3}{2}$	3

b. On marque des points dont les coordonnées sont dans le tableau, par exemple $(-6 ; 3)$ et on trace la droite passant par tous ces points.

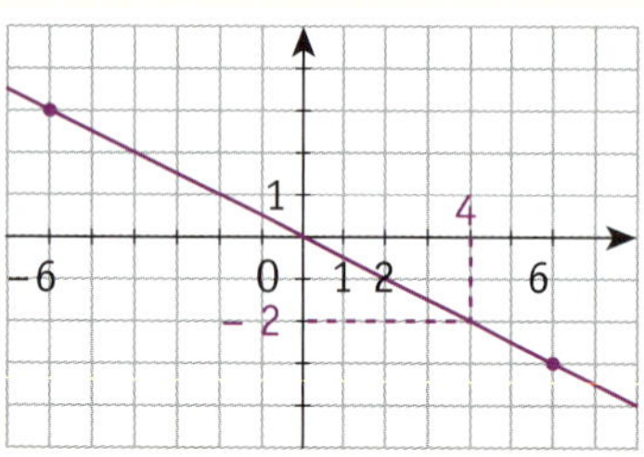

c. image de 4 : -2 image de -2 : 1
antécédent de 2 : -4 antécédent de 3 : -6

d. image de 3,6 : $f(3{,}6) = -\frac{1}{2} \times 3{,}6 = -1{,}8$

image de $-1{,}6$: $f(-1{,}6) = -\frac{1}{2} \times (-1{,}6) = 0{,}8$

image de 26 : $f(26) = -\frac{1}{2} \times 26 = -13$

image de -15 : $f(-15) = -\frac{1}{2} \times (-15) = 7{,}5$

4 De gauche à droite : k, f, g, h.

Explication

Par exemple, $f(1) = 2$ donc f est représentée par le deuxième graphique, etc.

5 a. Pour ajouter 10 %, on multiplie par 1,10 : $23 \times 1{,}10 = 25{,}30$ €.

Conseil

C'est plus rapide que de calculer d'abord l'augmentation pour l'ajouter ensuite à 23.

b. Pour ôter 15 %, on multiplie par 0,85 : $35 \times 0{,}85 = 29{,}75$ €.

c. On multiplie d'abord par 1,20 puis par 0,75 : $550 \times 1{,}20 \times 0{,}75 = 495$.

12 Utiliser une fonction affine

> p. 28

infos parents

Une généralisation des fonctions linéaires : les fonctions affines. Elles sont représentées par des droites ne passant pas obligatoirement par l'origine.

1 a. $f(2) = -1$; $f(0{,}5) = 2$; $f(-1{,}5) = 6$.

b. $f(2{,}4) = -2 \times (2{,}4) + 3 = -1{,}8$
$f(0{,}3) = -2 \times 0{,}3 + 3 = 2{,}4$
$f(-7) = -2 \times (-7) + 3 = 17$

c. Le point de coordonnées $(2{,}4 ; -1{,}7)$ n'est pas sur la droite car $f(2{,}4) = -1{,}8$.

d. Comme $-2 \times 0{,}3 + 3 = 2{,}4$, le point est sur la droite.

e. La droite passe par le point de coordonnées $(10 ; -17)$ car $-2 \times 10 + 3 = -17$, c'est-à-dire $f(10) = -17$.

f. Comme $-2 \times (-7) + 3 = 17$ et $17 \neq 18$, la droite ne passe pas par ce point.

2 **a.**

x	0	1	2	4	5	− 1	− 2
$x - 2$	− 2	− 1	0	2	3	− 3	− 4

b.

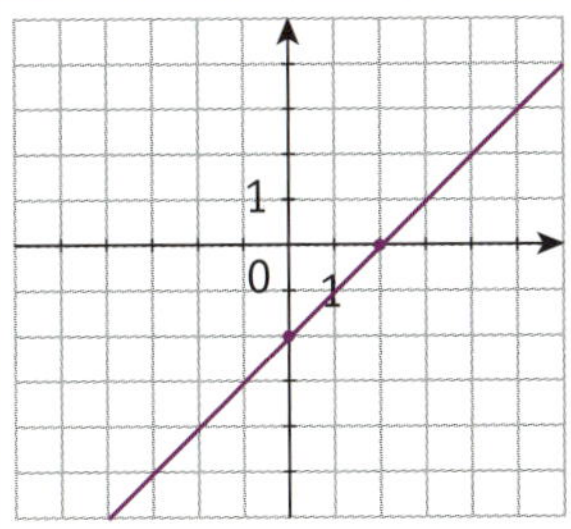

Explication

On marque des points dont les coordonnées sont dans le tableau (par exemple (0 ; − 2), (2 ; 0),...) puis on trace la droite passant par ces points.

c. image de 3 : 1, image de 6 : 4
antécédent de − 5 : − 3, antécédent de 2 : 4
d. image de 1,5 : 1,5 − 2 soit − 0,5
image de − 0,5 : − 0,5 − 2 soit − 2,5
image de 50 : 50 − 2 soit 48
image de −20 : − 20 − 2 soit − 22

3 Comme $f(-1) = 7$ alors $a \times (-1) + 3 = 7$
donc $-a = 7 - 3 = 4$. D'où $a = -4$.

4 Comme $g(-1) = 7$ alors $-2 \times (-1) + b = 7$
donc $2 + b = 7$ d'où $b = 5$.

5 Comme $h(0) = 5$ alors $a \times 0 + b = 5$
donc $b = 5$.
Comme $h(3) = 2$ alors $a \times 3 + 5 = 2$
donc $3a - 2 - 5 = \ \ 3$. D'où $a = -1$.

6 $x \mapsto 3 - x$ $\qquad x \mapsto -5$ C $\qquad x \mapsto 2 + 2x$

$x \mapsto 3x$ L $\qquad x \mapsto \frac{4}{11}$ C $\qquad x \mapsto -\frac{4}{5}x$ L

Explication

$x \mapsto 3 - x$ est de la forme $ax + b$ avec $a = -1$ et $b = 3$.
Elle n'est donc ni linéaire ni constante.
De même avec $x \mapsto 2 + 2x$ où $a = b = 2$.

13 Calculer des probabilités

> p. 30

infos parents

L'étude des probabilités se poursuit en Troisième avec les notions d'événements incompatibles et d'événements contraires. En simulant le lancer d'un dé, sur ordinateur, on met en évidence le lien entre fréquence et probabilité.

1 **a.** $P(\text{cœur}) = \dfrac{\text{nombre de cas favorables}}{\text{nombre de cas possibles}} = \dfrac{5}{16}$
$= 0,3125.$

$P(\text{pique}) = \dfrac{4}{16} = \dfrac{1}{4} = 0,25$

b. $P(A) = \dfrac{9}{16} = 0,5625$

$\overline{A}$: « obtenir un dessin noir » ou encore « obtenir un pique ou un trèfle »
$P(\overline{A}) + P(A) = 1$
donc $P(\overline{A}) = 1 - \dfrac{9}{16} = \dfrac{7}{16} = 0,4375.$

2 **a.** $P(\text{Max}) = \dfrac{1}{24}$.

b. $P(\text{garçon}) = \dfrac{24 - 16}{24} = \dfrac{8}{24} = \dfrac{1}{3}$.

c. $P(\text{non Théa}) = \dfrac{24 - 1}{24} = \dfrac{23}{24}$.

d. Les deux événements F et G sont contraires (notons qu'ils sont aussi incompatibles).

3 **a.**

Façade \ Toit	R	B	J	O	V
R	X	RB	RJ	RO	RV
B	BR	X	BJ	BO	BV
J	JR	JB	X	JO	JV
O	OR	OB	OJ	X	OV
V	VR	VB	VJ	VO	X

b. Les cases de la diagonale du tableau sont barrées car les deux couleurs doivent être distinctes.
Donc : Nombre de cas possibles = 25 − 5 = 20.
$P(\text{JR}) = \dfrac{1}{20} = 0,05.$

c. $P(\text{pas de vert}) = \dfrac{12}{20} = 0{,}6$.

d. $P(\text{toit rouge}) = \dfrac{4}{20} = \dfrac{1}{5} = 0{,}2$.

e. Non, A et B ne sont pas incompatibles car ils ont en commun l'éventualité : « la façade est orange et le toit est jaune ».

4 **a.**

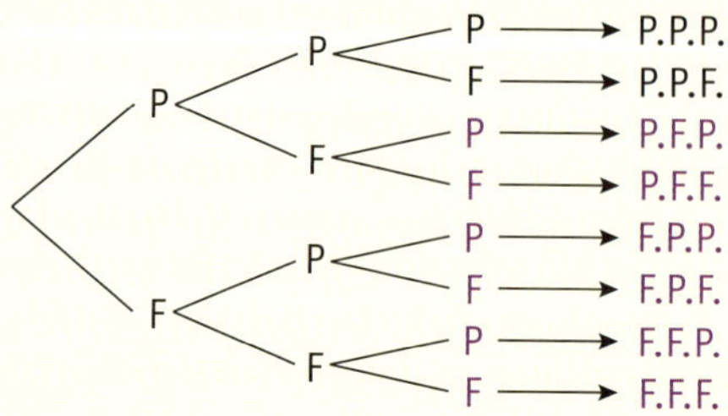

b. $P(\text{P.P.P.}) = \dfrac{1}{8} = 0{,}125$.

c. $P(2 \text{ fois pile, } 1 \text{ fois face}) = \dfrac{3}{8} = 0{,}375$.

d. C'est l'événement impossible. Sa probabilité est nulle.

5 **a.** La variable d est mise à zéro au début du programme, puis elle augmente de 1 à chaque fois que le chiffre tiré est 6.
Donc d contient le nombre d'apparitions du 6.
b. Par exemple :

Nb. de fois	100	100	100	1 000	1 000	1 000	10 000	10 000	10 000
d	16	24	14	153	161	191	1 671	1 693	1 674
f (%)	16	24	14	15,3	16,1	19,1	16,7	16,9	16,7

c. $P(\text{« 6 »}) = \dfrac{1}{6} \approx 16{,}7\ \%$.

d. La fréquence obtenue se rapproche de $\dfrac{1}{6}$ quand le nombre d'expériences augmente.

14 Retrouver les statistiques

> p. 32

infos parents

Dans ce chapitre on apprend à interpréter, traiter et représenter des données à l'aide d'histogrammes, de diagrammes circulaires ou en bâtons. À cette occasion, on utilise les notions d'étendue, de fréquences, de moyenne et de médiane.

1 **a.**

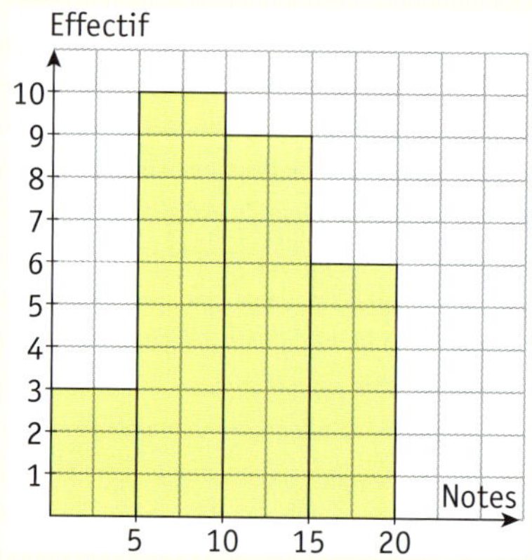

b. Nombre d'élèves ayant moins de 15 :
$3 + 10 + 9 = 22$.

c. Nombre d'élèves ayant la moyenne : $9 + 6 = 15$

d'où la fréquence : $f = \dfrac{15}{28} \approx 0{,}54$ soit 54 %.

2 **a.** Effectif de la classe : $5 + 8 + 9 + 4 = 26$

b. L'étendue : $16 - 13 = 3$ ans.

c. $m = \dfrac{13 \times 5 + 14 \times 8 + 15 \times 9 + 16 \times 4}{26} \approx 14{,}5$

d. Nombre d'élèves ayant un âge supérieur à m :

$9 + 4 = 13$ d'où la fréquence : $\dfrac{13}{26} = 0{,}50 = 50\%$

e. Puisque m partage la population en deux parties de même effectif, on peut prendre m comme médiane.

3 **a.** L'étendue : $10 - (-3) = 10 + 3 = 13°$.

b. Le mois d'avril a 30 jours ; d'où le calcul de la fréquence pour 4° : $f = \dfrac{6}{30} = \dfrac{1}{5} = 20\%$

t°	−3°	−1°	0°	4°	6°	10°
Fréquence	7 %	13 %	3 %	20 %	23 %	33 %

c. $T=\dfrac{-3\times 2+(-1)\times 4+0\times 1+4\times 6+6\times 7+10\times 10}{30}$

Soit $T = 5{,}2°$.

d. Il y a 17 températures au-dessus de 5,2° : donc T ne peut pas être une médiane.

e.

Effectif	30	2	4	1	6	7	10
Angle	360°	24°	48°	12°	72°	84°	120°

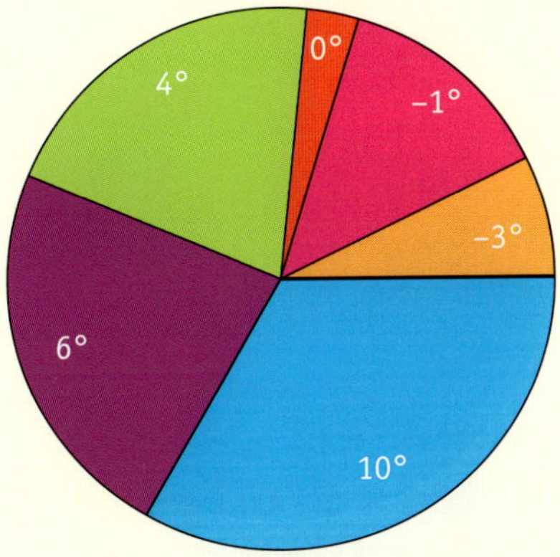

4

	Train	Vélo	Voiture	Pied	Total
Angle	60°	45°	120°	135°	360°
Effectif	28	21	56	63	168
Fréquence %	17 %	13 %	33 %	38 %	100 %

a. • L'angle du secteur « Train » vaut 60° : c'est l'un des angles d'un triangle équilatéral.
- L'angle du secteur « Vélo » vaut 45° : c'est la moitié d'un angle droit.
- L'angle du secteur « Voiture » vaut 120° : c'est le supplémentaire d'un angle de 60° : 120° = 180° – 60°
- Par soustraction, le dernier secteur mesure 135°.

b. On complète les dernières lignes du tableau en utilisant la proportionnalité.

15 Calculer des longueurs avec le théorème de Thalès

> p. 34

infos parents

Tout comme le célèbre théorème de Pythagore, le théorème de Thalès permet de calculer des longueurs à partir de dimensions connues. Cette propriété s'applique lorsque 2 sécantes sont coupées par 2 droites parallèles.

1

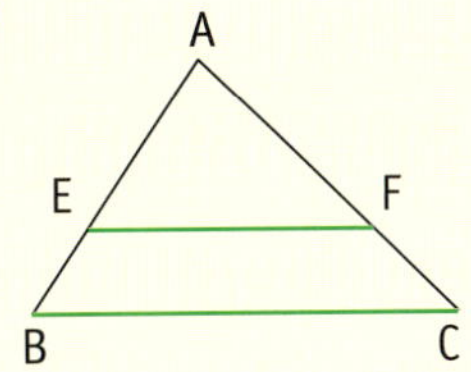

Hypothèses :
- (EF) // (BC)
- AE = 3
- AF = 4
- AC = 6
- BC = 7

a. Calcul de AB.

On a $\dfrac{AE}{AB}=\dfrac{AF}{AC}$ donc $\dfrac{3}{AB}=\dfrac{4}{6}$.

En utilisant les produits en croix, on a $4\,AB = 3\times 6$

donc $4\,AB = 18$ d'où $AB=\dfrac{18}{4}=4{,}5$.

Remarque : On peut aussi partir de $\dfrac{AB}{AE}=\dfrac{AC}{AF}$.

b. Calcul de EF.

On a $\dfrac{EF}{BC}=\dfrac{AF}{AC}=\dfrac{4}{6}$ donc $\dfrac{EF}{7}=\dfrac{4}{6}$ donc $6\,EF = 4\times 7$

soit $6\,EF = 28$ d'où $EF=\dfrac{28}{6}=\dfrac{14}{3}$.

2

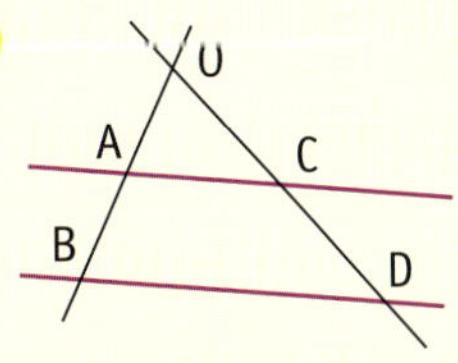

Hypothèses :
- (AC) // (BD)
- OA = 3
- OB = 9
- OC = 2
- AC = 4

a. Calcul de OD.

On a $\dfrac{OC}{OD}=\dfrac{OA}{OB}$ donc $\dfrac{2}{OD}=\dfrac{3}{9}$ donc $3\,OD = 2\times 9$

donc $3\,OD = 18$ donc $OD=\dfrac{18}{3}=6$.

Remarque : On peut aussi écrire $\dfrac{2}{OD}=\dfrac{1}{3}$

donc $OD = 2\times 3 = 6$.

b. Calcul de BD.

On a $\frac{AC}{BD} = \frac{OA}{OB}$ donc $\frac{4}{BD} = \frac{3}{9}$ donc $3\ BD = 4 \times 9$

d'où $3\ BD = 36$ donc $BD = \frac{36}{3} = 12$.

Remarque :

On peut aussi écrire $\frac{4}{BD} = \frac{1}{3}$ donc $BD = 3 \times 4 = 12$.

3

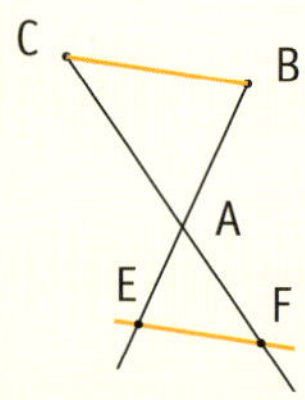

Hypothèses :
- (EF) // (BC)
- AB = 3
- EF = 2
- AC = 4
- BC = 3

a. Calcul de AE.

$\frac{AE}{AB} = \frac{EF}{BC}$ donc $\frac{AE}{3} = \frac{2}{3}$.

En multipliant les deux membres par 3, on obtient AE = 2.

b. Calcul de AF.

$\frac{AF}{AC} = \frac{AE}{AB}$ donc $\frac{AF}{4} = \frac{2}{3}$. D'où $AF = \frac{8}{3}$.

4

t	h	a	ℓ	e	s
5	7,5	2	3	2,8	7
12	8	7,5	5	4	6,4
37,5	28	30	22,4	36	45

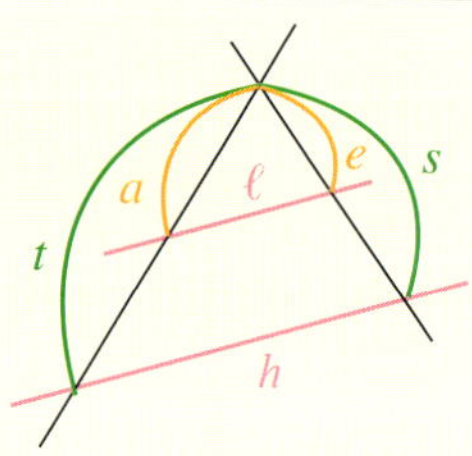

Explication

Comme les droites rouges sont parallèles on a : $\frac{a}{t} = \frac{e}{s} = \frac{\ell}{h}$.

Pour la 1re ligne $\frac{2}{5} = \frac{e}{7} = \frac{3}{h}$

d'où $e = \frac{2 \times 7}{5} = 2{,}8$ et $h = \frac{3 \times 5}{2} = 7{,}5$.

5 Comme le bâton est parallèle au sapin, on a :

$\frac{1{,}20}{s} = \frac{1{,}5}{6 + 1{,}5}$ donc $\frac{1{,}20}{s} = \frac{1{,}5}{7{,}5}$

donc $1{,}5s = 1{,}20 \times 7{,}5$

d'où $s = \frac{1{,}20 \times 7{,}5}{1{,}5}$ donc $s = 6$.

Le sapin mesure donc 6 m de haut.

Remarque : bien que peu précis, ce procédé est tout à fait utilisable pour calculer la hauteur d'un pylône, d'un monument, etc.

6 On a $\frac{1{,}20}{d} = \frac{0{,}80}{13}$ donc $0{,}80d = 1{,}20 \times 13$

donc $d = \frac{1{,}20 \times 13}{0{,}80} = 19{,}5$.

Le donjon mesure donc 19,5 m de haut.

16 Démontrer que deux droites sont parallèles

> p. 36

infos parents

Plusieurs méthodes existent pour démontrer que deux droites sont parallèles (côtés opposés d'un parallélogramme, etc.).
Ici, on utilise l'égalité de rapports de longueurs pour justifier le parallélisme de deux droites : c'est le théorème réciproque de Thalès.

1

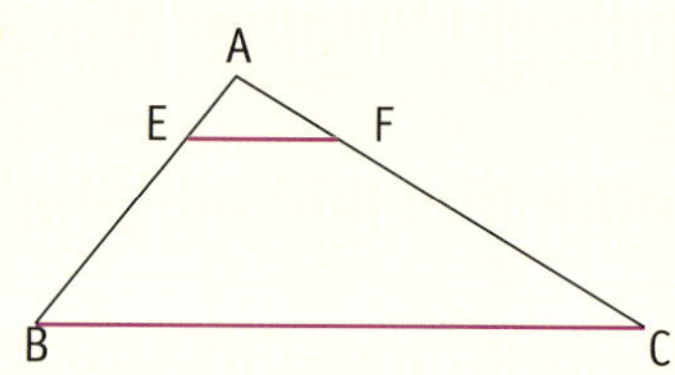

Hypothèses :
- AB = 4 cm
- AE = 1 cm
- AC = 6 cm
- AF = 1,5 cm

a. $\frac{AE}{AB} = \frac{1}{4}$.

On a $\frac{AF}{AC} = \frac{1{,}5}{6} = \frac{15}{60} = \frac{15 \times 1}{15 \times 4} = \frac{1}{4}$.

b. On a $\frac{AE}{AB} = \frac{AF}{AC}$ donc les droites (EF) et (BC) sont parallèles.

Remarque : il s'agit du cas ① de la réciproque du théorème de Thalès ; (EF) et (BC) sont du même côté par rapport à A.

2

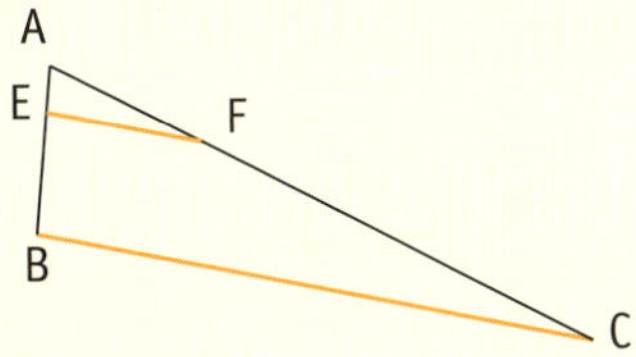

Hypothèses :
- AB = 1,4 cm
- AC = 5 cm
- AE = 0,4 cm
- AF = 1,4 cm

a. Si les droites (EF) et (BC) étaient parallèles, on aurait $\frac{AE}{AB} = \frac{AF}{AC}$.

b. Or :
$\frac{AE}{AB} = \frac{0,4}{1,4} = \frac{4}{14} = \frac{2}{7}$. $\frac{AF}{AC} = \frac{1,4}{5} = \frac{14}{50} = \frac{7}{25}$.

c. On a $2 \times 25 = 50$ et $7 \times 7 = 49$
donc $\frac{2}{7} \neq \frac{7}{25}$ et donc $\frac{AE}{AB} \neq \frac{AF}{AC}$.
Donc les droites (EF) et (BC) ne sont pas parallèles.

Remarque : on peut aussi observer que $\frac{0,4}{1,4} = 0,2857...$ et $\frac{1,4}{5} = 0,28$ à l'aide de la calculatrice. Donc ces deux quotients sont inégaux.

3

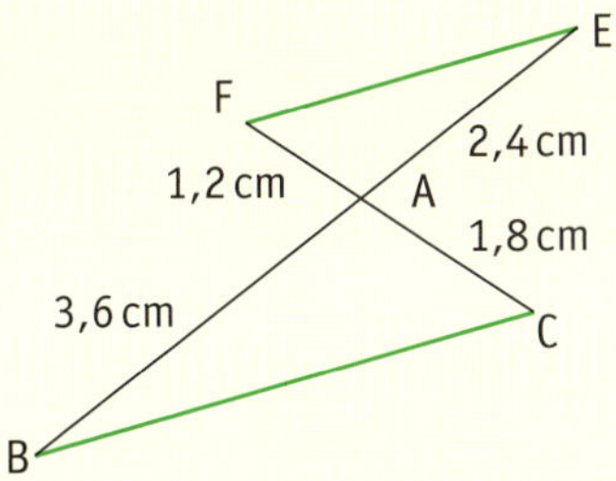

a. $\frac{AE}{AB} = \frac{2,4}{3,6} = \frac{24}{36} = \frac{2 \times 12}{3 \times 12} = \frac{2}{3}$.
$\frac{AF}{AC} = \frac{1,2}{1,8} = \frac{12}{18} = \frac{2 \times 6}{3 \times 6} = \frac{2}{3}$.

b. On a $\frac{AE}{AB} = \frac{AF}{AC}$ donc les droites (BC) et (EF) sont parallèles.

Remarque : il s'agit du cas ③ de la réciproque du théorème de Thalès : (EF) et (BC) sont de part et d'autre du point A.

4

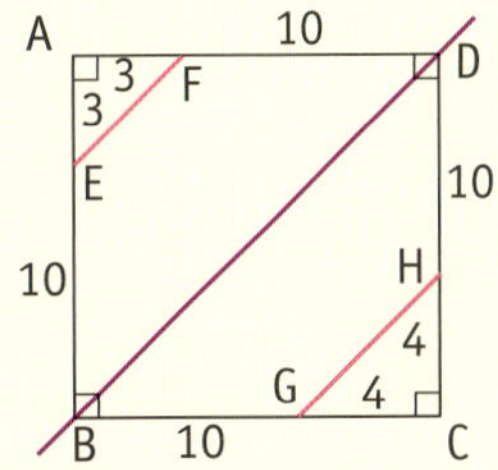

a. $\frac{AF}{AD} = \frac{3}{10} = \frac{AE}{AB}$ donc les droites (EF) et (BD) sont parallèles.

b. $\frac{CH}{CD} = \frac{4}{10} = \frac{CG}{CB}$ donc les droites (GH) et (BD) sont parallèles.

Remarque : a. et **b.** Il s'agit du cas ① de la réciproque du théorème de Thalès.

c. D'après **a.** et **b.**, (EF) et (GH) sont parallèles car deux droites parallèles à une même droite sont parallèles entre elles.

5

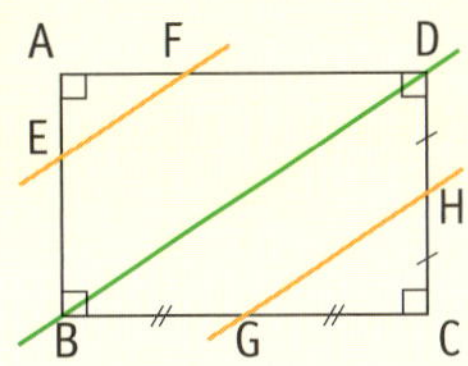

Hypothèses :
AD = 9 cm
AF = 3 cm
AB = 6 cm
AE = 2 cm

a. Comme G est le milieu de [BC], alors $\frac{CG}{CB} = \frac{1}{2}$;
de même H est le milieu de [DC] donc $\frac{CH}{CD} = \frac{1}{2}$.
Donc $\frac{CG}{CB} = \frac{CH}{CD}$, donc (GH) // (BD).

b. On a $\frac{AF}{AD} = \frac{3}{9} = \frac{1}{3}$ et $\frac{AE}{AB} = \frac{2}{6} = \frac{1}{3}$.

c. On a $\frac{AF}{AD} = \frac{AE}{AB}$, donc les droites (EF) et (BD) sont parallèles. Mais on a aussi (GH) // (BD) d'après le **a.**, donc (EF) // (GH).

Remarque : a. et **c.** Il s'agit du cas ① de la réciproque du théorème de Thalès.

6

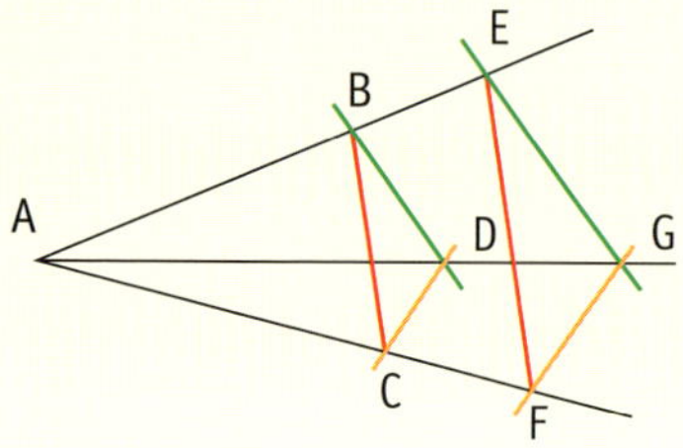

Comme (BD) // (EG) alors $\frac{AB}{AE} = \frac{AD}{AG}$.

De même, comme (DC) // (GF) alors $\frac{AD}{AG} = \frac{AC}{AF}$.

Donc $\frac{AB}{AE} = \frac{AC}{AF}$. Donc (BC) // (EF).

Explication

On utilise deux fois le théorème de Thalès, puis une fois sa réciproque pour conclure.

17 Connaître les transformations simples

> p. 38

infos parents

Les transformations simples sont les translations, les symétries axiales et centrales, ainsi que les rotations. Elles ont été étudiées dans les classes antérieures. Il s'agit ici d'appliquer ces notions aux pavages du plan, aux frises ou bien aux rosaces.

1 a.

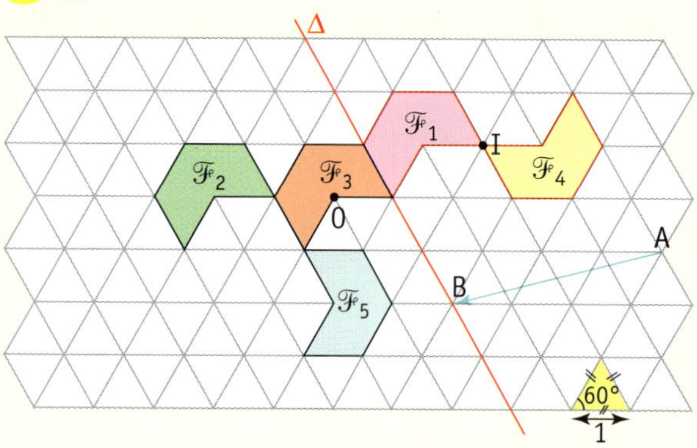

b. Les rotations conservent les longueurs ; donc le périmètre de $\mathscr{F}_5$ est égal à celui de $\mathscr{F}_1$; donc égal à 6.

c. Les translations conservent les aires ; donc l'aire de $\mathscr{F}_2$ est égale à celle de $\mathscr{F}_1$: à savoir $\sqrt{3}$.

2

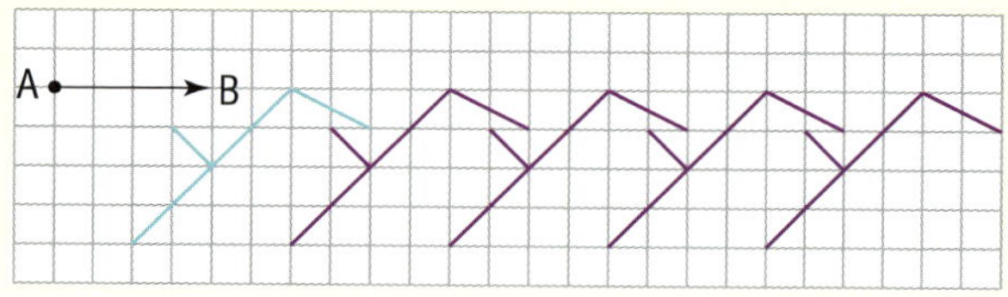

3

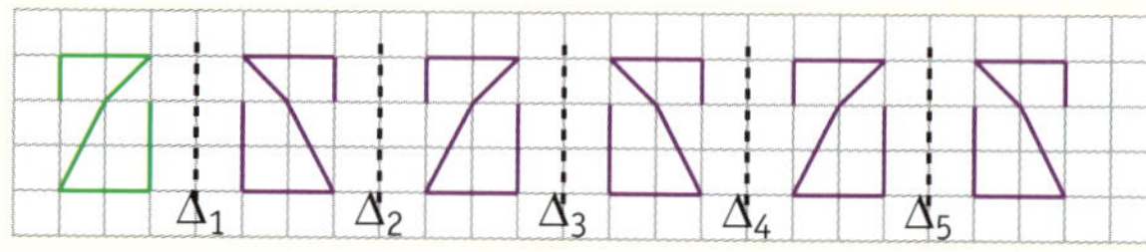

4 a.

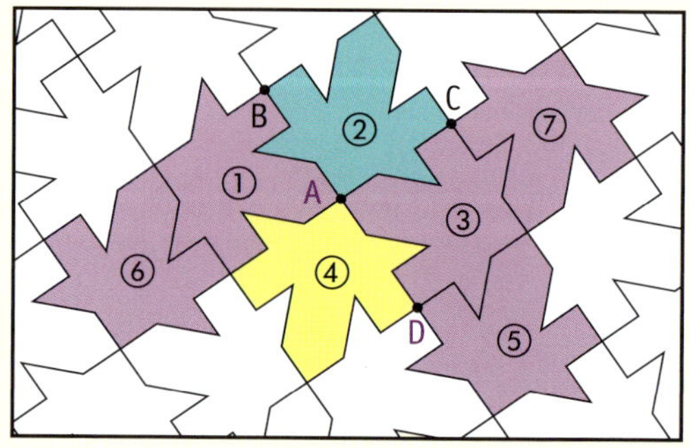

b. Le motif ② est l'image de ① par la rotation de centre B et d'angle 90° ↺.

c. ③ à pour image ⑦ par la rotation de centre C et d'angle 90° ↺.

d. ② est l'image de ⑤ par la translation qui envoie D sur B : t_{DB}.

e. ① est l'image de ③ par la rotation de centre A et d'angle 180° ↻ (c'est aussi la symétrie centrale de centre A).

5 a.

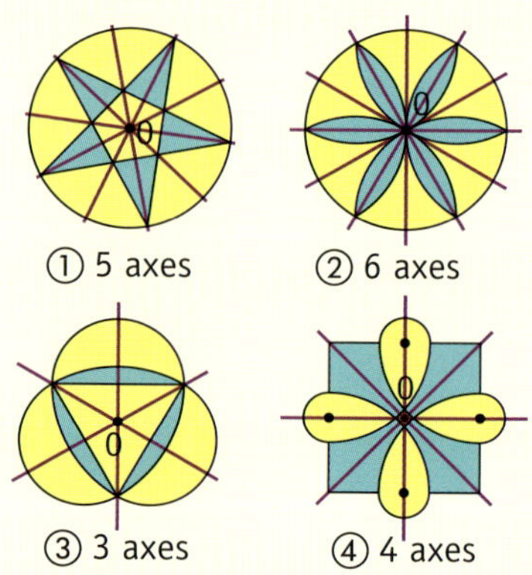

b. ① : 72° ② : 60° ③ : 120° ④ : 90°. Ou encore des angles multiples de ceux-ci.

18 Connaître les homothéties et les triangles semblables

> p. 40

infos parents

La notion d'homothétie s'appuie sur le théorème de Thalès. Suivant que le rapport de l'homothétie est supérieur ou inférieur à 1, on obtient un agrandissement ou une réduction.

1 a.

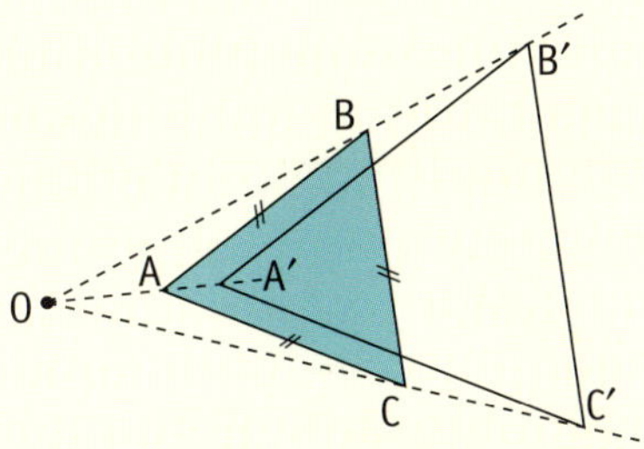

b. Dans une homothétie de rapport 1,5, les dimensions sont multipliées par 1,5. Donc $A'B' = 1{,}5 \times AB$; $A'C' = 1{,}5 \times AC$ et $B'C' = 1{,}5 \times BC$. Mais $AB = AC = BC$, donc $A'B' = A'C' = B'C'$. Donc A'B'C' est équilatéral.

2 a.

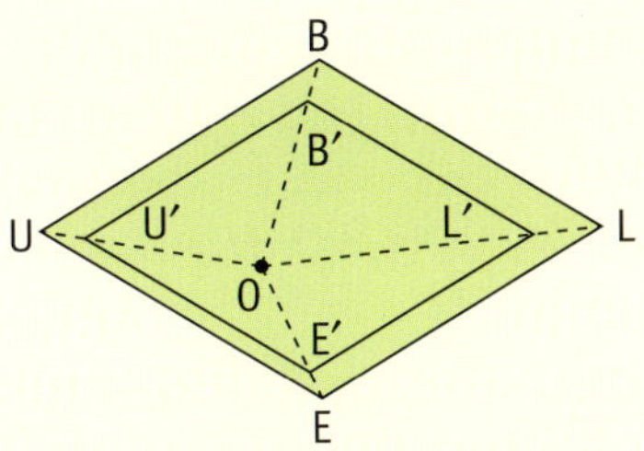

b. Le rapport de l'homothétie est 0,8
donc $B'L' = 0{,}8 \times BL$;
$L'E' = 0{,}8 \times LE$; $E'U' = 0{,}8 \times EU$ et $U'B' = 0{,}8 \times UB$.
Mais BLEU est un losange donc $BL = LE = EU = UB$.
Donc, $B'L' = L'E' = E'U' = U'B'$. Donc B'L'E'U' est un losange.
c. Les longueurs sont multipliées par 0,8. Donc le périmètre de B'L'E'U' mesure $16 \times 0{,}8 = 12{,}8$ cm.
Mais B'L'E'U' est un losange, donc B'U' mesure $12{,}8 \div 4 = 3{,}2$ cm.

3 Bonnes réponses : « rectangles isocèles » et « équilatéraux ». En effet, ces deux catégories de triangles ont des angles fixes : (90°, 45°, 45°) pour les premiers, (60°, 60°, 60°) pour les seconds.

4 a. $BC = \sqrt{15^2 + 20^2} = \sqrt{225 + 400} = \sqrt{625} = 25$

b. Les triangles ABC et HBA sont tous les deux rectangles et possèdent l'angle $\hat{B}$ en commun. Donc ils ont deux angles homologues égaux. En conséquence, ils sont semblables.
c. Comme ABC et HBA sont semblables, on peut écrire (en superposant les sommets homologues) :

$$\frac{ABC}{HBA} \longrightarrow \frac{AB}{HB} = \frac{BC}{BA} = \frac{AC}{HA}$$

En remplaçant les longueurs connues par leurs valeurs, on obtient : $\frac{15}{HB} = \frac{25}{15} = \frac{20}{HA}$.

De $\frac{15}{HB} = \frac{25}{15}$, c'est-à-dire $\frac{15}{HB} = \frac{5}{3}$,

on tire $HB = \frac{15 \times 3}{5} = 9$.

De $\frac{5}{3} = \frac{20}{HA}$, on tire $HA = \frac{20 \times 3}{5} = 12$.

Enfin, $HC = BC - BH = 25 - 9 = 16$.

19 Utiliser des racines carrées en géométrie

> p. 42

infos parents

Pour calculer la longueur d'un segment [AB], on utilise fréquemment le théorème de Pythagore. À cette occasion, on calcule d'abord AB^2, puis AB qui en est la racine carrée.
Mais généralement la racine carrée « ne tombe pas juste ». Alors on exprime la longueur exacte avec le symbole $\sqrt{}$ et on utilise la calculatrice pour obtenir une valeur décimale approchée, si nécessaire.

1 ABC est rectangle en A, donc son hypoténuse est BC. On applique le théorème de Pythagore.
a. Comme $AB = 12$ et $AC = 5$,
alors $BC^2 = AB^2 + AC^2 = 12^2 + 5^2 = 144 + 25 = 169$.
Donc $BC = \sqrt{169} = 13$.
b. Comme $AB = \sqrt{5}$ et $AC = \sqrt{11}$
alors $BC^2 = AB^2 + AC^2 = (\sqrt{5})^2 + (\sqrt{11})^2 = 5 + 11 = 16$.
Donc $BC = \sqrt{16} = 4$.

2 La diagonale du carré est l'hypoténuse d'un triangle rectangle isocèle.
$d^2 = 7^2 + 7^2 = 49 + 49 = 98$. Donc $d = \sqrt{98}$ m.
Donc $d \approx 9{,}90$ m.

3 Côté du carré : $\sqrt{72{,}25} = 8{,}5$ cm.
Périmètre du carré : $4 \times 8{,}5 = 34$ cm.

Explication
Le côté d'un carré est la racine carrée de son aire.

4 On a $AB^2 + AC^2 = (\sqrt{12})^2 + (\sqrt{13})^2 = 12 + 13 = 25$.
D'autre part, $BC^2 = 5^2 = 25$ d'où $AB^2 + AC^2 = BC^2$.
Donc ABC est rectangle en A d'après la réciproque du théorème de Pythagore.

5 Pour démontrer que deux côtés ont la même longueur, on va, ici, calculer les deux longueurs AB et AC.

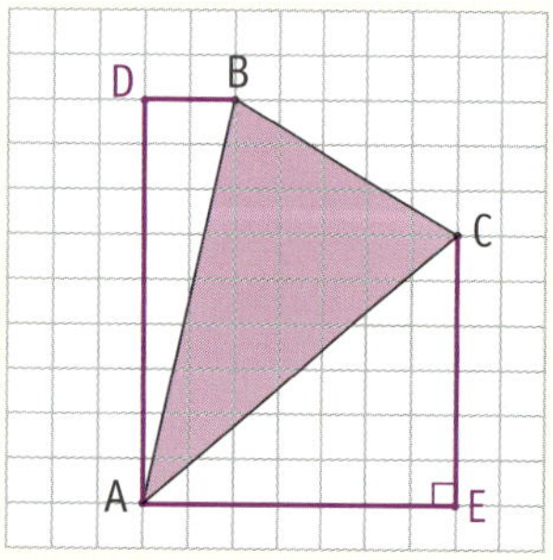

a. $AB^2 = AD^2 + DB^2 = 9^2 + 2^2 = 85$.
Donc $AB = \sqrt{85}$.
b. $AC^2 = AE^2 + EC^2 = 7^2 + 6^2 = 85$.
Donc $AC = \sqrt{85}$.
c. Comme AB = AC, alors le triangle ABC est isocèle en A.

6

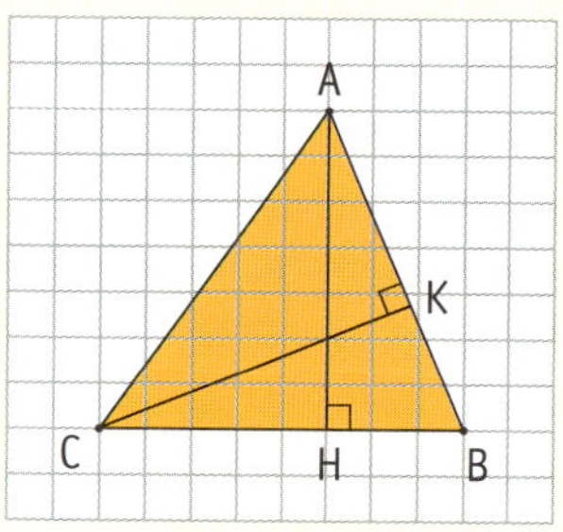

a. CB = 8 AH = 7

Remarque : on trouve CB et AH en comptant les carreaux.
b. L'aire du triangle CAB est :
$(\text{base} \times \text{hauteur}) \div 2 = (CB \times AH) \div 2$
$= (8 \times 7) \div 2 = 28$.
c. $AB^2 = AH^2 + HB^2 = 7^2 + 3^2 = 58$. Donc $AB = \sqrt{58}$
d. $\dfrac{AB \times CK}{2} = \dfrac{\sqrt{58} \times CK}{2} = 28$,

donc $\sqrt{58} \times CK = 56$, donc $CK = \dfrac{56}{\sqrt{58}} \approx 7{,}35$.

Explication
d. On exprime l'aire de CAB en fonction de la base AB et de la hauteur CK.
Ceci donne une équation d'inconnue CK.

7 Comme RAS est équilatéral, H est le milieu de [RS] et donc RH = 4 cm.

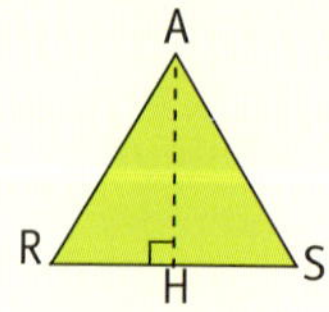

$AH^2 + RH^2 = AR^2$.
Donc $AH^2 = AR^2 - RH^2 = 8^2 - 4^2 = 64 - 16 = 48$.
Donc $AH = \sqrt{48} \approx 6{,}93$ cm.

8

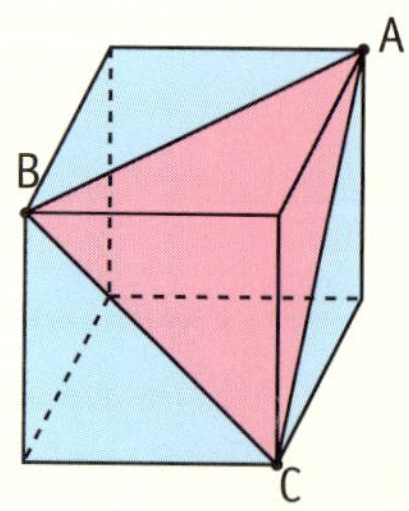

$AB^2 = 5^2 + 5^2 = 50$.
Donc $AB = \sqrt{50} \approx 7{,}07$ cm.

Explication
Les côtés du triangle équilatéral ABC sont des diagonales de carrés.

20 Utiliser la trigonométrie

> p. 44

infos parents
La trigonométrie, étudiée ici uniquement dans le triangle rectangle, fait le lien entre mesures d'angles et longueurs de segments.
Sinus, cosinus et tangente établissent ce lien.

1

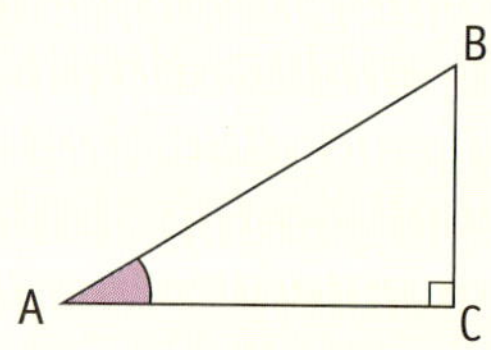

a. Sachant que AC = 5 et BC = 4,
on peut immédiatement calculer :
$\tan(\widehat{A})$ qui est égal à $\dfrac{BC}{AC} = \dfrac{4}{5} = 0{,}8$.

b. Sachant que AC = 6 et AB = 7, on peut immédiatement calculer :

$\cos(\widehat{A})$ qui est égal à $\frac{AC}{AB} = \frac{6}{7}$ (qui n'est pas une valeur décimale).

c. Sachant que AB = 8 et BC = 3, on peut immédiatement calculer :

$\sin(\widehat{A})$ qui est égal à $\frac{BC}{AB} = \frac{3}{8} = 0{,}375$.

2

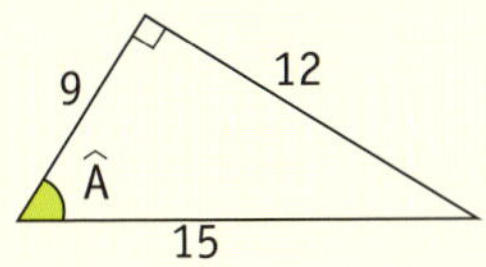

$\cos(\hat{A}) = \frac{9}{15} = \frac{3 \times 3}{3 \times 5} = \frac{3}{5} = 0{,}6.$

$\sin(\hat{A}) = \frac{12}{15} = \frac{3 \times 4}{3 \times 5} = \frac{4}{5} = 0{,}8.$

$\tan(\hat{A}) = \frac{12}{9} = \frac{4}{3}.$

Conseil

Ne pas oublier de simplifier les fractions.

3 À 0,01 près : $\cos(33°) \approx 0{,}84$; $\sin(1°) \approx 0{,}02$; $\tan(10°) \approx 0{,}18$.

4

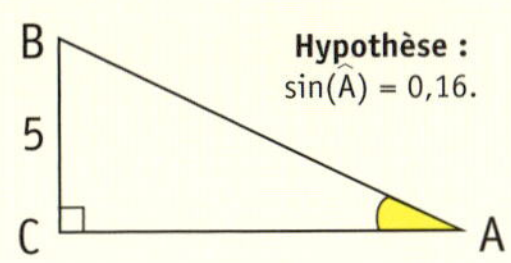

a. On a $\sin(\hat{A}) = \frac{BC}{AB}$ donc $0{,}16 = \frac{5}{AB}$

d'où $AB \times 0{,}16 = 5$ et donc $AB = 5 \div 0{,}16$

donc AB = 31,25.

b. Comme le triangle ABC est rectangle en C, on a $AC^2 = AB^2 - BC^2$ donc $AC^2 = (31{,}25)^2 - 5^2 = 951{,}5625$

donc $AC = \sqrt{951{,}5625}$ soit $AC \approx 30{,}85$.

c. $\cos(\hat{A}) = \frac{AC}{AB} \approx \frac{30{,}85}{31{,}25}$ donc $\cos(\hat{A}) \approx 0{,}99$.

5 **a.**

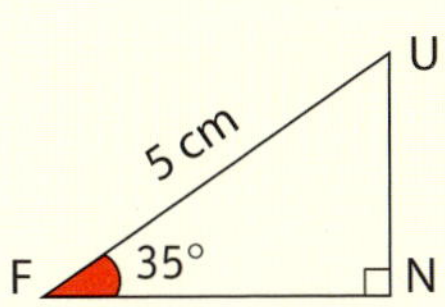

$NF = FU \times \cos(35°) = 5 \times \cos(35°) \approx 4{,}10$ cm.

$UN = FU \times \sin(35°) = 5 \times \sin(35°) \approx 2{,}87$ cm.

b.

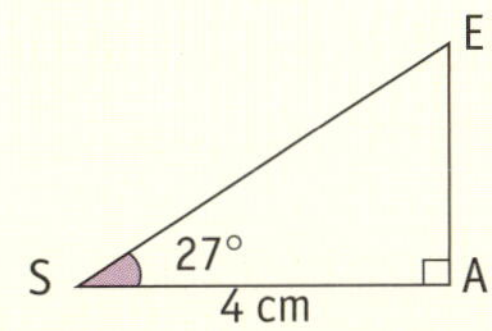

On a $\tan(27°) = \frac{EA}{SA}$ donc $\tan(27°) \times 4 = EA$

donc $EA \approx 2{,}04$ cm.

De plus, $\frac{SA}{SE} = \cos(27°)$

donc $SE = \frac{SA}{\cos(27°)} = \frac{4}{\cos(27°)} \approx 4{,}49$ cm.

c.

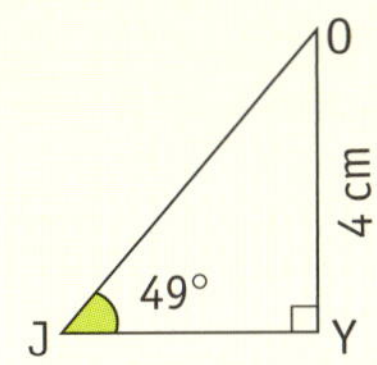

On a $\tan(49°) = \frac{YO}{JY}$ donc $\tan(49°) \times JY = 4$

donc $JY = \frac{4}{\tan(49°)} \approx 3{,}48$ cm.

De plus $\frac{YO}{JO} = \sin(49°)$ donc $\frac{YO}{\sin(49°)} = JO$

donc $JO = \frac{4}{\sin(49°)} \approx 5{,}30$ cm.

Remarque : b. et **c.** Pour calculer SE et JO, on peut aussi utiliser le théorème de Pythagore.

6 **a.**

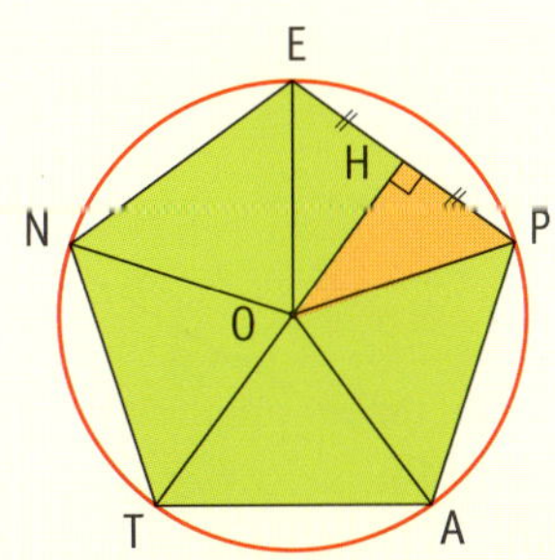

Le triangle OPE est isocèle en O car OP = OE = 3. Comme H est le pied de la hauteur issue de O, alors H est le milieu de [EP].

De plus, (OH) partage l'angle $\widehat{POE}$ en deux angles égaux.

$\widehat{POE} = \frac{360°}{5} = 72°$. $\widehat{POH} = \frac{72°}{2} = 36°$.

b. On a $OH = OP \times \cos(36°) = 3 \times \cos(36°) \approx 2{,}427$.

$PH = OP \times \sin(36°) = 3 \times \sin(36°) \approx 1{,}763$.

$PE = 2 \times PH \approx 3{,}527$.

21 Calculer des angles

> p. 46

infos parents

On apprend ici à calculer des valeurs approchées des angles aigus d'un triangle rectangle quand on connaît deux de ses côtés : on utilise le sinus, le cosinus ou la tangente des angles du triangle.

1 Remarques :

- Sur certaines calculatrices, les touches $\sin^{-1}$, $\cos^{-1}$ et $\tan^{-1}$ sont dénommées arcsin, arccos et arctan.
- Pour déterminer x dans la 2e ligne, on tape arccos(0,3), et on obtient 72,542°.

Pour les lignes suivantes on utilise arcsin puis arctan.

x (en degrés)	$\cos(x)$	$\sin(x)$	$\tan(x)$
5	0,996	0,087	0,087
72,542°	0,3	0,954	3,180
11,537°	0,980	0,2	0,204
72,121°	0,307	0,952	3,1

2 $\tan(\hat{A}) = \dfrac{BC}{AC} = \dfrac{6}{5} = 1{,}2.$

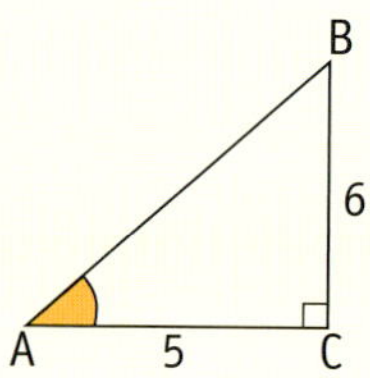

Donc $\hat{A} \approx 50{,}194°$.

$\cos(\hat{A}) \approx 0{,}640$.

$\sin(\hat{A}) \approx 0{,}768$.

Explication

- arctan (1,2) ≈ 50,194°.
- Par suite $\hat{A}$ est connu, donc on calcule directement $\sin(\hat{A})$ et $\cos(\hat{A})$.

3

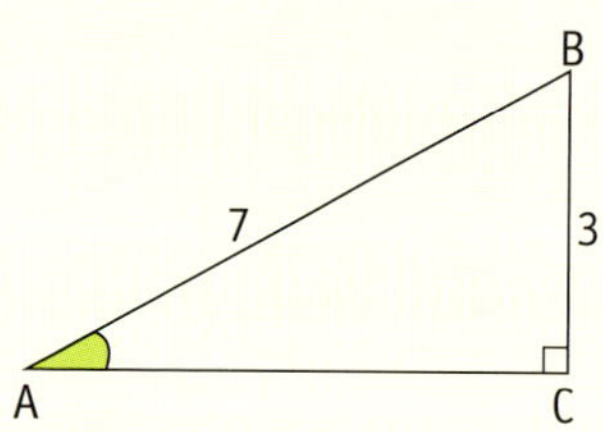

$\sin(\hat{A}) = \dfrac{BC}{AB} = \dfrac{3}{7}$. Donc, $\hat{A} \approx 25{,}377°$,

et donc, $\cos(\hat{A}) \approx 0{,}904$ et $\tan(\hat{A}) \approx 0{,}474$.

Explication

$\arcsin\left(\dfrac{3}{7}\right) \approx 25{,}377°$.

4

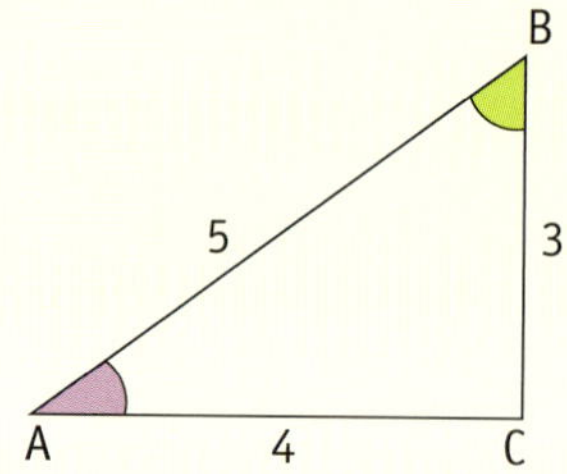

a. On a $AB^2 = 5^2 = 25$; $BC^2 = 9$ et $AC^2 = 16$.

Donc $AC^2 + BC^2 = 16 + 9 = 25 = AB^2$.

Donc ABC est rectangle en C, d'après la réciproque du théorème de Pythagore.

b. $\sin(\hat{A}) = \dfrac{BC}{AB} = \dfrac{3}{5} = 0{,}6.$

Donc $\hat{A} \approx 36{,}87°$ et on a $\hat{B} = 90° - \hat{A} \approx 53{,}13°$.

Explication

Les angles aigus d'un triangle rectangle sont complémentaires, cela signifie que leur somme vaut 90°.

5

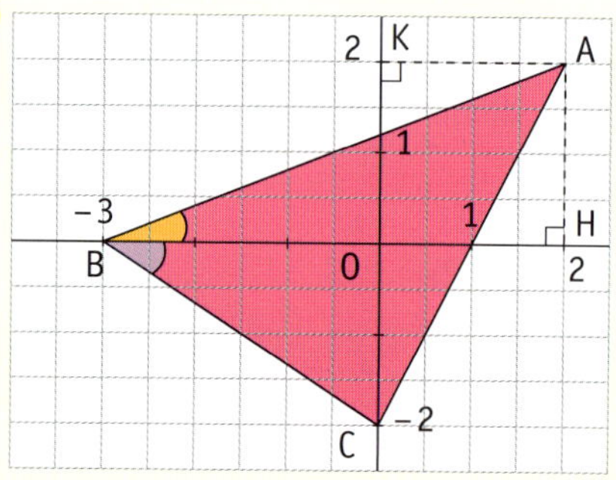

a. Dans le triangle rectangle AHB,

on a $\tan(\widehat{ABO}) = \dfrac{AH}{BH} = \dfrac{2}{5} = 0{,}4$. D'où $\widehat{ABO} \approx 21{,}80°$.

b. Dans le triangle rectangle OBC,

on a $\tan(\widehat{OBC}) = \dfrac{OC}{OB} = \dfrac{2}{3}$, d'où $\widehat{OBC} \approx 33{,}69°$.

$\widehat{ABC} = \widehat{ABO} + \widehat{OBC} \approx 21{,}80° + 33{,}69° \approx 55{,}49°$.

c. Dans le triangle rectangle OBC,

on a $\tan(\widehat{BCO}) = \dfrac{3}{2} = 1{,}5$ donc $\widehat{BCO} \approx 56{,}31°$.

Dans le triangle rectangle KCA,

on a $\tan(\widehat{KCA}) = \dfrac{1}{2} = 0{,}5$ donc $\widehat{KCA} \approx 26{,}57°$.

$\hat{C} = \widehat{BCO} + \widehat{KCA}$ d'où $\hat{C} \approx 56{,}31° + 26{,}57° \approx 82{,}88°$.

d. On a $\hat{A} = 180° - (\hat{B} + \hat{C})$

donc $\hat{A} \approx 180° - (55{,}49° + 82{,}88°) \approx 41{,}63°$.

Explication

La somme des angles d'un triangle est égale à 180°.

6 On a $\cos^2(\hat{A}) + \sin^2(\hat{A}) = 1$
donc $\cos^2(\hat{A}) = 1 - \sin^2(\hat{A}) = 1 - 0{,}352^2 = 0{,}876\,096$
d'où $\cos(\hat{A}) = \sqrt{0{,}876\,096} = 0{,}936$.
De plus, $\tan(\hat{A}) = \dfrac{\sin(\hat{A})}{\cos(\hat{A})} = \dfrac{0{,}352}{0{,}936} \approx 0{,}376\,068$.

Explication
On a pu calculer $\tan(\hat{A})$ avec une grande précision car $\cos(\hat{A})$ et $\sin(\hat{A})$ sont connus exactement.

22 Calculer le volume de la boule et se repérer sur la sphère

> p. 48

infos parents
Bien des objets de la vie courante ont la forme d'une boule et l'on apprend, ici, à calculer le volume d'une boule dont on connaît le rayon.
Par suite, on enchaîne avec le repérage d'un point à la surface de notre planète : sujet incontournable à l'époque du GPS.

1

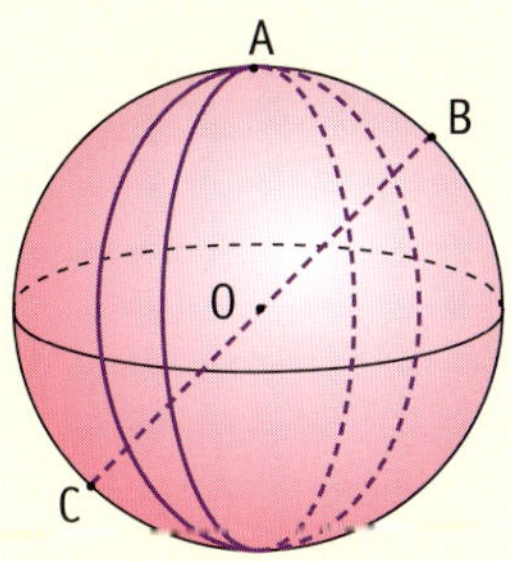

Remarques :
- Ne pas hésiter à tracer d'autres grands cercles, car le dessin à main levée nécessite un peu d'entraînement.
- [BC] est un diamètre de la sphère : il passe par le centre O.

2 **a.** Volume $= \dfrac{4}{3} \times \pi \times 12^3$
$= 2\,304\pi \approx 7\,238{,}230$ mm³

b. Volume $= \dfrac{4}{3} \times \pi \times 9^3 = 972\pi \approx 3\,053{,}628$ cm³

c. Volume $= \dfrac{4}{3} \times \pi \times 15^3 = 4\,500\pi \approx 14\,137{,}167$ m³.

3 **a.** Si l'agrandissement est de rapport 3, alors les volumes sont multipliés par $3^3 = 27$. D'où :
volume de la boule A = $123 \times 27 = 3\,321$ cm³.
b. Rayon de la boule A′ = $15 \times 0{,}2 = 3$ m.
Volume de la boule A′ = $\dfrac{4}{3} \times \pi \times 3^3 = 36\pi \approx 113{,}10$ m³.

4 **a.** Volume $= \dfrac{4}{3} \times \pi \times 6\,400^3 \approx 1098$ milliards de km³.
b. Pour obtenir le rayon de la Lune, on divise 6 400 par 3,7 soit $6\,400 \div 3{,}7 \approx 1\,730$ km.
D'où le volume de la Lune :
$\dfrac{4}{3} \times \pi \times (1\,730)^3 \approx 2{,}2 \times 10^{10}$ km³
soit environ 22 milliards de km³.

Remarque : Ces résultats sont impressionnants :
1 km³ est le volume d'un cube de 1 km de côté.

5 **a.** N : nord ; E : est ; W : ouest ; S : sud (en anglais, *North*, *East*, *West*, *South*).
b. Sa latitude est : 0°.
c. Sa longitude : 0°.
d. C'est l'équateur.
e. La réponse est non car ce sont des demi-cercles.
f. 180°, E ou W.

6 **a.** Athènes (24° E ; 38° N)
b. Voir la figure.

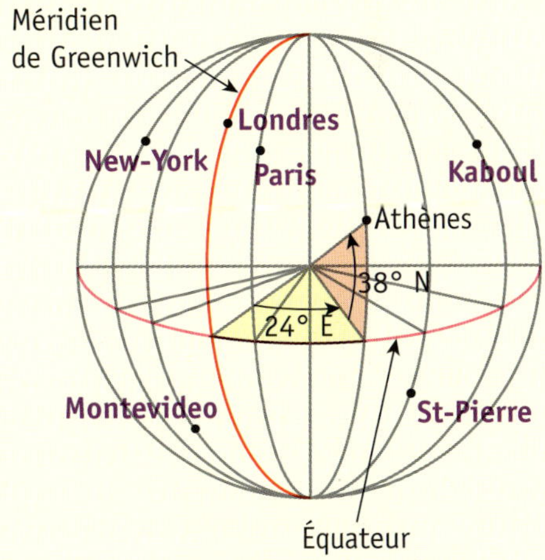

7 Le point O est à l'intersection du méridien passant par Rio et du parallèle passant par Moscou.

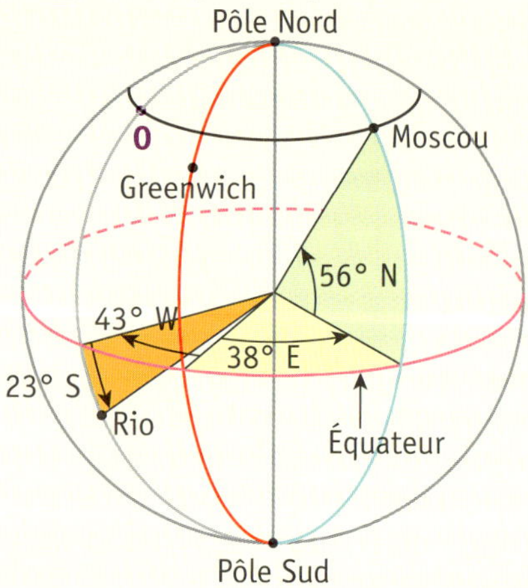

23 Couper un solide par un plan

> p. 50

infos parents

L'étude des objets de la géométrie dans l'espace se poursuit avec les figures obtenues quand on coupe des solides par des plans.

1 **a.**

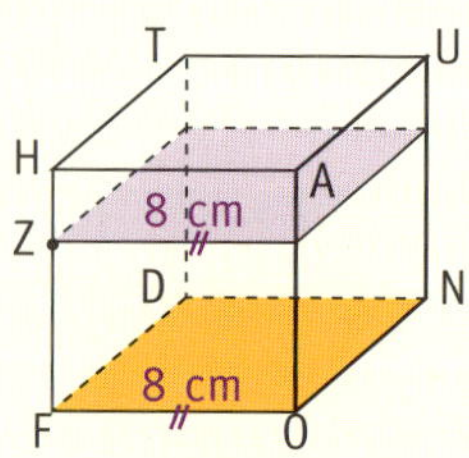

b. Cette section est un carré. Aire $= 8^2 = 64$ cm².

Explication

On applique les résultats du cours. Les côtés du carré à tracer sont parallèles à ceux du carré HAUT.

2 **a.**

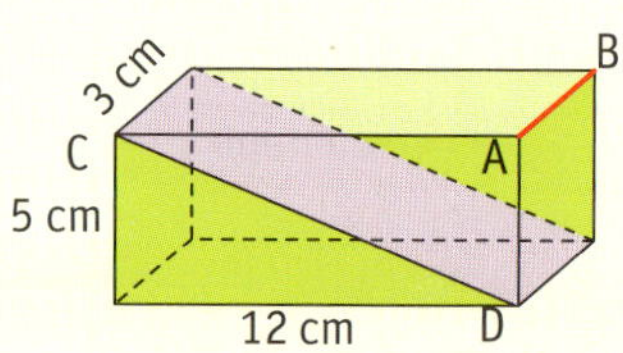

Cette section est un rectangle.

b. Le triangle CAD est rectangle en A, on a donc

$CD^2 = AC^2 + AD^2 = 5^2 + 12^2 = 169$

donc $CD = \sqrt{169} = 13$.

Les dimensions de cette section sont : 13 cm sur 3 cm.

3 **a.**

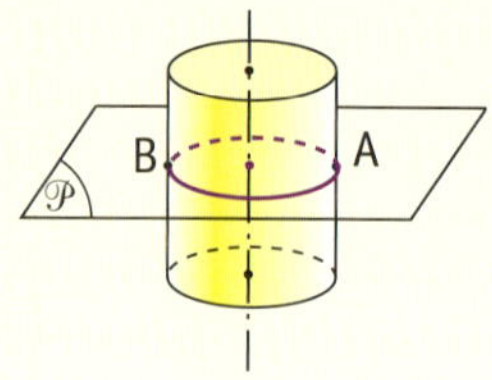

Cette section est un cercle.

b. Périmètre $= 2 \times \pi \times 3 = 6\pi$ soit environ 18,8 cm.

Explication

L'information « 10 cm de haut » n'intervient pas.

4 **a.**

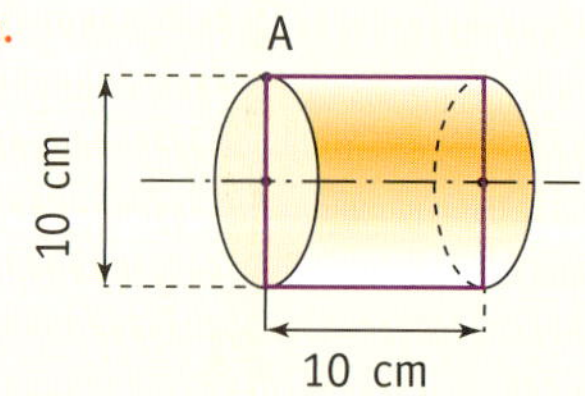

Cette section est un rectangle (et même un carré !).

b. Aire $= 10^2$ soit 100 cm².

Explication

Quand le plan contient l'axe du cylindre, la section obtenue est un rectangle dont les dimensions sont la hauteur et le diamètre du cylindre.

5 **a.**

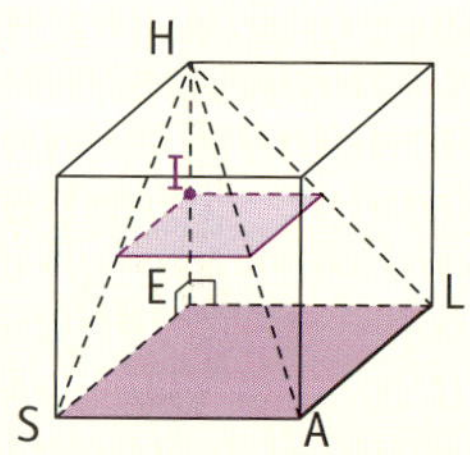

b. Les côtés de la section sont parallèles aux côtés correspondants de la base.

c. Cette section est une réduction de la base carrée SALE ; c'est donc un carré.

Le coefficient de réduction est $\frac{1}{2}$;

la section est donc un carré de 3 cm de côté.

6 **a.**

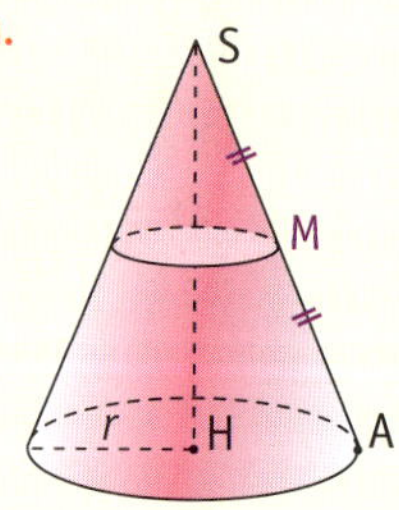

b. Cette section est une réduction de moitié du disque de base : c'est donc un disque de rayon 5 cm.

Remarque : comme M est le milieu de [SA] alors $\frac{SM}{SA} = \frac{1}{2}$ et les dimensions du petit cône sont la moitié de celles du grand.

24 Manipuler des vitesses et autres grandeurs

> p. 52

infos parents

La relation $d = vt$ ainsi que les deux autres qui en découlent doivent être connues et on doit savoir les appliquer. Belle occasion de jongler avec les différentes unités que l'on rencontrera aussi avec les notions de débit, de masse volumique, de quantité d'information (téraoctet, etc.)

1 **a.** La vitesse en m/s : $72 \div 3\,600 = 0{,}02$ km/s soit 20 m/s.
b. Elle parcourt 100 m en $100 \div 20 = 5$ s.
c. Elle parcourt en une minute :
$20 \times 60 = 1\,200$ m soit 1,2 km.

Explication
Rappel : 1 h = 3 600 s. 1 min = 60 s.

2 **a.** La fusée parcourt :
$561 \times 3\,600 = 2\,019\,600$ m en 1 h.
Sa vitesse est donc 2 019,6 km/h.
b. Comme $561 \times 60 = 33\,660$ m soit 33,66 km, alors elle fait plus de 30 km en une minute.

Remarque : On peut aussi calculer le temps mis sur 30 km.

3 Quantité totale d'information :
$700 \times 3\,600 \times 24 \times 30 \times 16 \approx 2{,}9 \times 10^{10}$ octets
soit 29×10^9 octets soit encore 29 Go.

4 **a.** Le débit moyen de la Loire est :
$56\,000 \div 60 \approx 933$ m^3/s.
b. En 1 h, il s'écoule : $56\,000 \times 60 = 3\,360\,000$ m^3.
En 1 jour, il s'écoule :
$3\,360\,000 \times 24 = 80\,640\,000$ m^3.

5 **a.** Pour parcourir 1 km, il faut $15 \div 350$ et pour 100 km, il faut 100 fois plus. D'où $15 \div 350 \times 100 \approx 4{,}30$ c'est-à-dire environ 4,3 litres/100 km.
b. 45 litres c'est 3 fois 15 litres.
Donc elle peut parcourir 3×350 km $= 1\,050$ km.

Explication
On utilise ici la proportionnalité.

6 **a.** $16\,830 \div 51 = 330$ habitants/km^2.
b. 1 ha = 1 hm^2 donc 1 km^2 = 100 ha ;
donc 51 km^2 = 5 100 ha. D'où la superficie moyenne par habitant : $5\,100 \div 16\,830 \approx 0{,}3$ ha/hab.

Explication
La superficie moyenne par habitant est l'aire moyenne dont « dispose » chaque habitant.

7 Poids de la récolte : $75 \times 16 = 1\,200$ q $= 120$ t.
Pour connaître le nombre de tours, effectuons la division de 120 par 35 : $120 = 35 \times 3 + 15$. Il faudra 4 tours, la remorque du dernier tour contenant 15 tonnes.

8 0,51 kg = 510 g, donc la masse volumique du fer est égale à $510 \div 65 \approx 7{,}8$ soit environ 7,8 g/cm^3.

Explication
Pour obtenir la masse volumique exprimée en g/cm^3 on divise la masse en g par le volume en cm^3.

25 Retrouver l'algorithmique et la programmation

> p. 54

infos parents

Après les boucles en Quatrième, on étudie ici les tests. On les programme en utilisant les instructions « si … alors … » et « si … alors … sinon … ».
Le dernier exercice est consacré à la « programmation en parallèle ». Ceci ouvre de vastes perspectives dans l'univers de la programmation.

1 **a.** Si la réponse est « oui », le lutin dit : « Moi aussi. » puis « Le sport, c'est la santé. »
b. Si la réponse n'est pas « oui », le lutin dit seulement : « Le sport, c'est la santé. »
Remarque : nous savions déjà que les variables informatiques peuvent contenir des nombres. Ce programme nous apprend qu'elles peuvent aussi contenir des lettres, des mots, des phrases.

2 Si la touche A est rapidement pressée, le lutin tourne de 90° dans le sens horaire.

3 a. Le reste de la division de 42 par 5 est 2.
Celui de 42 par 6 est 0.
b. 42 modulo 5 = 2 ; 42 modulo 6 = 0 ;
27 modulo 7 = 6 ; 12 modulo 3 = 0.
c. Lorsque *N* modulo *d* = 0, cela signifie que *d* est un diviseur de *N*.
d. Le programme trouve : 2, 3, 4, 6, 9, 12, 18 et 36.
e. Il suffit de remplacer 1 par 0 dans l'instruction « mettre *d* à 1 » située juste avant la boucle.
f. On peut proposer le programme ci-dessous :

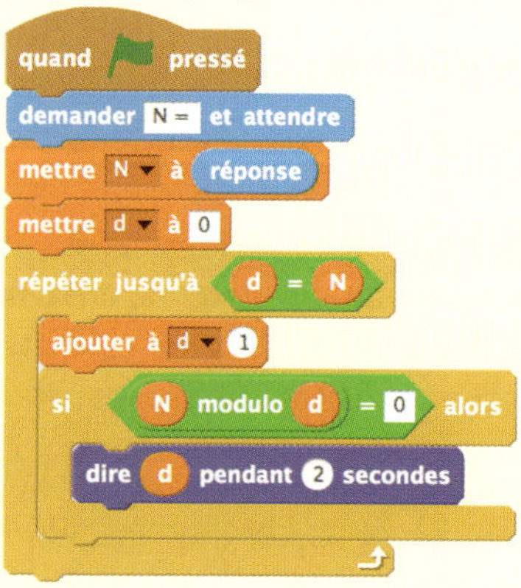

Il peut donner, par exemple, les diviseurs de 441.
Ce sont : 1, 3, 7, 9, 21, 49, 63, 147 et 441.

4 a. et b. On utilise l'instruction « **si .... alors ....sinon** » pour programmer une **alternative**. Cela convient aux situations où il faut choisir une seule voie parmi deux possibles.

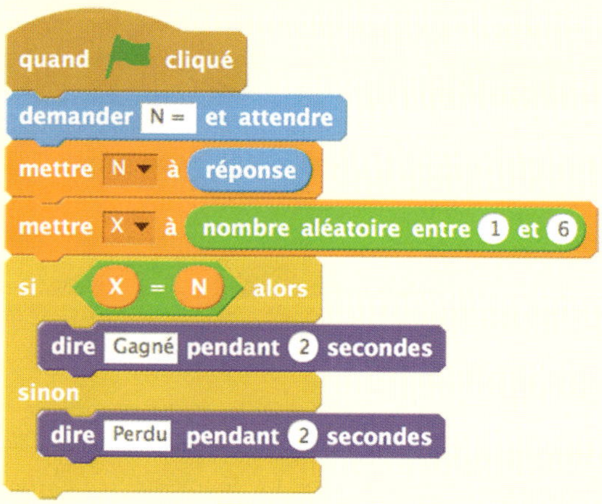

5 b. Les deux programmes sont l'un à côté de l'autre.
c. Les deux programmes s'exécutent « en parallèle», c'est-à-dire simultanément.

26 Programmer une figure géométrique

> p. 56

infos parents

Les notions de programmation déjà étudiées sont mises à contribution pour réaliser des figures simples, ou bien des figures répétées par translation ou par rotation, qui forment ainsi des frises ou des rosaces. Il est étonnant de retrouver ces mêmes structures géométriques sur les façades ou dans les verrières d'églises.
En outre, nous utilisons ici la notion de « bloc » qui évite de répéter des séquences d'instructions et qui, de ce fait, améliore la lisibilité des programmes.

1 a. Ce programme trace un triangle rectangle isocèle en commençant par les deux côtés perpendiculaires et en finissant par l'hypoténuse.
b. En appliquant le théorème de Pythagore, on a : $(\text{hypoténuse})^2 = 160^2 + 160^2 = 51\,200$.
Donc hypoténuse = $\sqrt{51\,200} \approx 226{,}27$.
c.

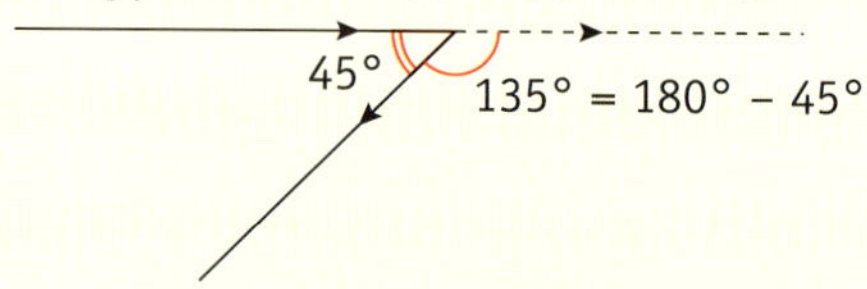

d. Le triangle ABC est rectangle car la somme des deux angles connus est 60° + 30° = 90°.
Donc le troisième angle est 180° – 90° = 90°.
Le côté inconnu mesure $\sqrt{200^2 - 100^2}$
$= \sqrt{40\,000 - 10\,000} = \sqrt{30\,000} \approx 173{,}2$.
D'où le programme ci-dessous :

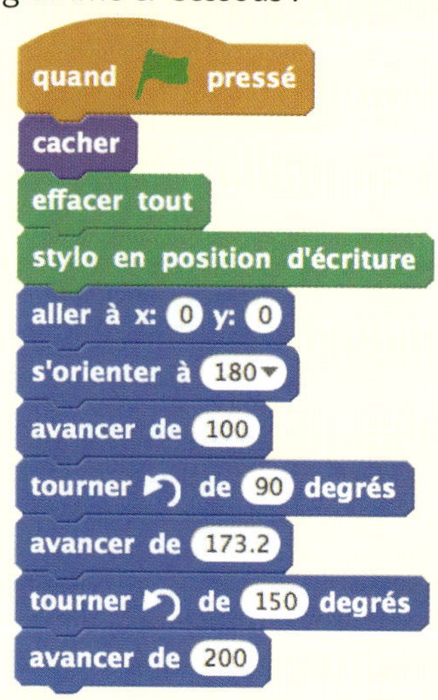

2 **a.** Le bloc MOTIF dessine la figure à laquelle on applique les translations.

b. Voici le programme qui dessine le motif et ses images par une translation répétée.
(Le bloc MOTIF est inchangé.)

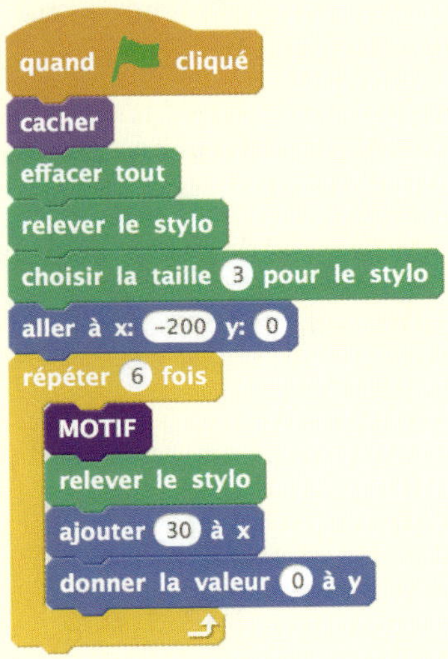

3 **a.** Le bloc DESSIN programme la figure (une sorte de canne) à laquelle on applique les rotations de 60°.
b. On passe d'un dessin au suivant par une rotation d'angle 60°.
c. En tête de boucle, on remplace 6 fois par 12 fois, et dans la boucle, on remplace 60° par 30°.
d. Cette fois, l'angle de la rotation est $\dfrac{360°}{8} = 45°$.

Alors il faut remplacer 12 fois par 8 fois et 30° par 45°.
e. L'angle de rotation est $\dfrac{360°}{5} = 72°$.

On remplace alors 8 fois par 5 fois et 45° par 72°.
Dans le programme principal, juste avant l'instruction « DESSIN », on insère l'instruction « ajouter 30 à la couleur ».

4 **a.** Les deux dessins sont symétriques par rapport à l'origine du repère (même si le repère n'est pas dessiné).
b. La rotation d'angle 180° et de centre A est la symétrie centrale de centre A.

Brevet blanc 1

> p. 58

1 **1.** On a $2\,205 = 3^2 \times 5 \times 7^2$ donc **c.**

2. $\dfrac{7}{4} - \dfrac{3}{4} \times \dfrac{2}{7} = \dfrac{7}{4} - \dfrac{6}{28} = \dfrac{49}{28} - \dfrac{6}{28} = \dfrac{43}{28}$ donc **a.**

3. $\dfrac{3^4 \times 3^3}{3^8} = \dfrac{3^7}{3^8} = \dfrac{1}{3}$ donc **b.**

4. $(2x-3)(2x+4) = 2x \times 2x + 4 \times 2x - 3 \times 2x - 12$
$= 4x^2 + 8x - 6x - 12$
$= 4x^2 + 2x - 12$ donc **c.**

5. $91 = 7 \times 13$; $99 = 3^2 \times 11$ donc **a.**

2 Le périmètre du rectangle est $2(x+4)$ et celui du triangle $3x$.
On a $2(x+4) = 3x$ soit $2x + 8 = 3x$ d'où $8 = x$.
Vérification :
périmètre du rectangle $= 2\,(8+4) = 2 \times 12 = 24$.
périmètre du triangle $= 3 \times 8 = 24$.
Donc les deux figures ont le même périmètre pour $x = 8$.

3 **1.** f n'est pas linéaire car d ne passe pas par l'origine du repère.
2. L'image de 3 est 0,5.
3. L'antécédent de 1 est 2.
4. $x = 4$ est la solution de l'équation $f(x) = 0$.

4 **1.** Les 3 côtés de ABC sont des diagonales de faces du cube. Ils ont donc la même longueur. Donc ABC est équilatéral.
2. Les diagonales d'un carré se coupent en leur milieu. Il suffit donc de tracer la seconde diagonale dans les 3 faces du cube qui contiennent les côtés de ABC. On obtient ainsi les milieux des côtés de ABC.
3. Cette pyramide a pour base OAB et pour hauteur OC.

$\text{Volume} = \dfrac{1}{3} \times \text{OC} \times \text{Aire(OAB)} = \dfrac{1}{3} \times \text{OC} \times \dfrac{1}{2}\ \text{OA} \times \text{OB}$

$= \dfrac{1}{6} \times 6 \times 6 \times 6 = 6^2 = 36\ \text{cm}^3$.

4. Volume du cube $= 6^3$. Pourcentage $= \dfrac{6^2}{6^3} = \dfrac{1}{6} \approx 17\ \%$.

5 **1.**

Prix	7 €	8 €	9 €	10 €
Effectifs	3	3	1	3

$3 + 3 + 1 + 3 = 10$

Prix	11 €	12 €	15 €	16 €	17 €
Effectifs	2	3	2	2	1

$2 + 3 + 2 + 2 + 1 = 10$

2. $m = \dfrac{(3\times7)+(3\times8)+(1\times9)+(3\times10)+(2\times11)+(3\times12)+(2\times15)+(2\times16)+(1\times17)}{20}$

d'où $m = 11{,}05$ €.
3. 10,5 € est un prix médian.
4. L'étendue de cette série statistique est $17 - 7 = 10$.

6 1. Les 36 cases du tableau correspondent aux 36 cas possibles.

2.

Dé 2 \ Dé 1	1	2	3	4	5	6
1	2	3	4	5	6	7
2	3	4	5	6	7	8
3	4	5	6	7	8	9
4	5	6	7	8	9	10
5	6	7	8	9	10	11
6	7	8	9	10	11	12

3. Le total 2 apparaît dans une seule case. Donc la probabilité d'obtenir 2 points est $\frac{1}{36}$.

Le total 8 apparaît dans 5 cases. Donc la probabilité d'obtenir 8 points est $\frac{5}{36}$.

4.

Somme des points	2	3	4	5	6	7	8	9	10	11	12
Probabilité	$\frac{1}{36}$	$\frac{2}{36}$	$\frac{3}{36}$	$\frac{4}{36}$	$\frac{5}{36}$	$\frac{6}{36}$	$\frac{5}{36}$	$\frac{4}{36}$	$\frac{3}{36}$	$\frac{2}{36}$	$\frac{1}{36}$

5. La probabilité d'avoir une somme inférieure ou égale à 6 est $\frac{1+2+3+4+5}{36} = \frac{15}{36}$.

Celle d'avoir une somme strictement supérieure à 6 est $\frac{6+5+4+3+2+1}{36} = \frac{21}{36}$.

Avec cette règle, le jeu n'est pas équitable : Tom a plus de chances de gagner que Jerry.

7 1. L'image de – 3 est 12.

2. Les antécédents de 7 sont 2 et – 2.

3. $f(x) = x \times x + 3 = x^2 + 3$, comme le montre la formule B1 × B1 + 3.

4. $f(5) = 5^2 + 3 = 25 + 3 = 28$.

5.

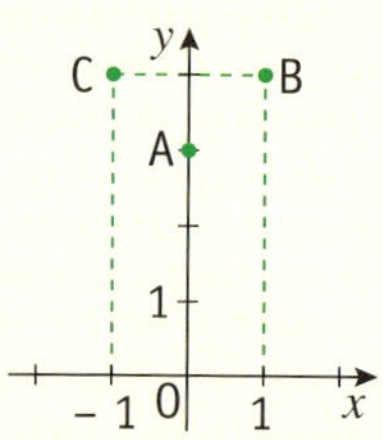

$f(0) = 3$
$f(1) = 4$
$f(-1) = 4$.

Une fonction affine est représentée par une droite. Comme les points A, B et C ne sont pas alignés, alors f n'est pas affine.

Brevet blanc 2

> p. 60

1 1. En appliquant le théorème de Pythagore, on trouve $\sqrt{3^2 + 3^2} = \sqrt{18}$. Donc la réponse est b.

2. On a une réduction de rapport 3, donc les aires sont divisées par $3^2 = 9$. L'aire du triangle réduit est donc $36 \div 9 = 4$ donc c.

3. D'après le théorème de Thalès : $\frac{AC}{AE} = \frac{BC}{ED}$;

donc $\frac{AC}{5} = \frac{2}{3}$, donc $AC = 5 \times \frac{2}{3} = \frac{10}{3}$, donc a.

4. On a d'une part $AB^2 + BC^2 = 40^2 + 9^2 = 1\,600 + 81 = 1\,681$ et d'autre part $AC^2 = 41^2 = 1\,681$.

Donc $AB^2 + BC^2 = AC^2$.

D'après la réciproque du théorème de Pythagore, ABC est rectangle en B, donc b.

5. On a $\sin(\hat{B}) = \frac{AC}{12}$; donc $AC = 12 \times \sin(37°)$, d'où $AC \approx 7{,}22$ cm, donc b.

Explication

$\sin(\hat{B}) = \frac{\text{côté opposé}}{\text{hypoténuse}} = \frac{AC}{BC}$

Une figure peut faciliter le raisonnement.

2 1. $A = 12x - 9x^2 + 4 - 3x = -9x^2 + 9x + 4$

$B = y^2 + 6y - 5y - 30 = y^2 + y - 30$

$C = a^2 - 4a + 4a - 16 = a^2 - 16$

2. $D = x(6 + x)$; $E = y\,(y - 4)$; $F = 9(8 - x)$.

3 1. La fonction f_1 est linéaire car $\mathscr{C}_1$ est une droite passant par l'origine.

2. La fonction f_3 n'est pas affine car sa représentation graphique n'est pas une droite.

3. A(– 4 ; 5).

4. – 4 a pour image 5 par f_1 et par f_2.

5. – 6 et 2.

Explication

Ce sont les abscisses des points où $\mathscr{C}_3$ coupe l'axe des abscisses.

6. On résout l'équation $\frac{1}{2}x + 7 = 0$ et on obtient $x = -14$.

Remarque : Le calcul nous apprend ce que le dessin ne montre pas.

4 En 1 h, le microtracteur parcourt 3 km ; et 20 min, c'est le tiers de 1 h.

Donc en 1 h 20 min le microtracteur parcourt

3 + 1 = 4 km = 4 000 m.

La surface tondue est donc : 4 000 × 1,1 = 4 400 m².

Explication

On peut faire comme si cette surface était un rectangle.

5 1. Il y a 3 + 6 + 1 = 10 boules dans l'urne. Parmi elles, 3 boules sont rouges.
La probabilité de E_1 est donc $\frac{3}{10} = 0{,}3$.

Remarque : Le dénominateur 10 incite à donner les résultats sous forme décimale. Mais les fractions sont toujours possibles.

2. Les boules qui ne sont pas blanches sont au nombre de 4 (les 3 rouges et la verte).

Donc la probabilité de E_2 est $\frac{4}{10} = 0{,}4$.

3. La probabilité de $\overline{E_2}$ est $1 - \frac{4}{10} = 0{,}6$.

6 $BC = AB \times \tan(\hat{a}) = 10 \times \tan(40°) \approx 8{,}39$ cm.

Explication

$\tan(\hat{a}) = \frac{BC}{AB}$, donc ...
La calculatrice calcule directement $10 \times \tan(40°)$.
Inutile de noter la valeur de $\tan(40°)$.

$BD = BC \times \cos(\hat{b}) \approx 8{,}39 \times \cos(25°) \approx 7{,}60$ cm.

Explication

$\cos(\hat{b}) = \frac{BD}{BC}$, donc ...

$BE = BD \times \sin(\hat{c}) \approx 7{,}60 \times \sin(50°) \approx 5{,}82$ cm.

Explication

$\sin(\hat{c}) = \frac{BE}{BD}$, donc ...
Par ailleurs, si on conserve en machine les valeurs trouvées pour BC et BD, on trouve BE ≈ 5,83 cm.

7 1. SA est l'hypoténuse du triangle SHA rectangle en H.
$SA = \sqrt{SH^2 + AH^2} = \sqrt{4^2 + 2^2} = \sqrt{20} \approx 4{,}472$ cm.

Explication

Le rayon de la base du cône est égal à la moitié de l'arête du cube. Donc AH = 2 cm. On utilise le théorème de Pythagore dans le triangle SHA.

2. Volume du cône :
$\frac{(\pi \times 2^2) \times 4}{3} = \frac{16\pi}{3} \approx 16{,}755 \text{ cm}^3$.

Explication

Volume = $\frac{(\text{aire de base}) \times \text{hauteur}}{3}$
Et la base est un disque de rayon 2 cm.

3. Volume du cube : $4^3 = 64 \text{ cm}^3$.

Volume approché du cône : $\frac{16\pi}{3} \approx 16{,}755 \text{ cm}^3$.

Calcul du pourcentage :

16,755	x
64	100

Donc $x \approx \frac{16{,}755 \times 100}{64} \approx 26{,}18$.

Donc le cône occupe environ 26 %.

8 1. C'est évidemment le **a.**
2. On a créé la variable r, donc **b.**
3. $r = 30$, donc le lutin avance de 30, donc **c.**
4. $r = 25$, donc $r < 30$, donc le lutin tourne de 25°, donc **b.**

Brevet blanc 3

> p. 62

1 1. $5^2 \times 6 \times 7$ ne convient pas car 6 n'est pas premier.
De même, $3 \times 5 \times 7 \times 10$ ne convient pas car 10 n'est pas premier.

1 050	2
525	3
175	5
35	5
7	7
1	

Donc $1\,050 = 2 \times 3 \times 5^2 \times 7$. Donc **b.**

2. Notons L longueur et ℓ la largeur du rectangle. L'aire initiale est $L \times \ell$.
Notons L' et ℓ' la longueur et la largeur du rectangle final.
On a $\ell' = \ell - 37{,}5\ \%\ \ell = \ell(1 - 37{,}5/100) = \ell \times 0{,}625$.
Et $L' = L + 60\ \%\ L = L(1 + 60/100) = L \times 1{,}6$.
Donc $L' \times \ell' = L \times 1{,}6 \times \ell \times 0{,}625$
$= L \times \ell \times 1{,}6 \times 0{,}625 = L \times \ell$ car $1{,}6 \times 0{,}625 = 1$.
Donc l'aire est inchangée. Donc **c.**

3. $\frac{(7^2)^3 \times 7^{-4} \times 7}{7^5} = \frac{7^6 \times 7^{-4} \times 7}{7^5} = \frac{7^2 \times 7}{7^5} = \frac{7^3}{7^5} = \frac{1}{7^2} = 7^{-2}$.

Donc **a.**

4. Il y a 3 600 s dans une heure.
Donc en une heure, il tombe dans le seau :
$0{,}5 \times \frac{3\,600}{2} = 900 \text{ cm}^3$ soit 0,9 L.

Donc en 24 h, il tombe $24 \times 0{,}9 = 21{,}6$ L. Donc **a.**

5. 2 019 n'est pas divisible par 5 car le chiffre des unités n'est ni 0 ni 5.
2 020 n'est pas divisible par 3 car la somme des chiffres est 4 et 4 n'est pas divisible par 3.
2 025 est le seul nombre divisible par 3 et 5. Donc **b.**

2 **1.** Il y a 5 femmes qui gagnent moins de 1 400 € et 5 qui gagnent plus. Donc 1 400 € est une médiane.

2. Calculons le salaire moyen des femmes :

$$\frac{1}{10}\times(1\,200+1\,230+1\,250+1\,310+1\,390+1\,410+1\,418+1\,500+1\,700+2\,100)=1\,450{,}80$$

Donc le salaire moyen des femmes est de 1 450,80 €. Il est inférieur au salaire moyen des hommes qui s'élève à 1 789 €.

3. Il y a 20 hommes et 10 femmes dans l'entreprise donc le salaire moyen de l'entreprise est :

$$\frac{20\times1\,789+10\times1\,450{,}80}{20+10}\approx 1\,676{,}27\text{ €}.$$

4. Il y a 10 femmes dans l'entreprise et 30 personnes dans l'entreprise. D'où la probabilité que ce soit une femme : $\frac{10}{30}=\frac{1}{3}$.

5. Le salaire médian des hommes est de 2 000 €, il y a donc la moitié des hommes de l'entreprise qui gagnent moins de 2 000 €. Donc la probabilité cherchée est $\frac{10}{20}=\frac{1}{2}$.

3 **1.** On applique le théorème de Pythagore dans le triangle ROI :

$OI^2+OR^2=IR^2$ d'où $1{,}35^2+OR^2=1{,}59^2$.

Donc $OR^2=1{,}59^2-1{,}35^2=0{,}7056$.

Donc $OR=\sqrt{0{,}7056}=0{,}84\text{ m}=84\text{ cm}$.

2. On a d'une part $\frac{IA}{IO}=\frac{0{,}90}{1{,}35}=\frac{90}{135}=\frac{2\times45}{3\times45}=\frac{2}{3}$.

D'autre part $\frac{IB}{IR}=\frac{1{,}06}{1{,}59}=\frac{106}{159}=\frac{2\times53}{3\times53}=\frac{2}{3}$.

Donc $\frac{IA}{IO}=\frac{IB}{IR}$. D'après la réciproque du théorème de Thalès, on a (AB) parallèle à (OR).

Donc l'étagère AB est parallèle au sol.

3. D'après la propriété de Thalès, on a $\frac{IA}{IO}=\frac{AB}{OR}$

donc $\frac{AB}{OR}=\frac{2}{3}$.

Donc $AB=\frac{2}{3}\times OR=\frac{2}{3}\times84=56\text{ cm}$.

Donc l'étagère AB mesure 56 cm.

4. Les étagères étant espacées régulièrement, elles sont fixées sur [OI] tous les 45 cm. Donc l'étagère la plus haute est une réduction de OR dans le rapport $\frac{1}{3}$.

Donc elle mesure $\frac{84}{3}=28\text{ cm}$.

4 **1.** $f(-3)=-14$ d'après le tableau.

2. L'antécédent de 1 est 2 d'après le tableau.

3. $f(0)=-5$ d'après le tableau. Comme f est affine alors $f(x)=ax+b$; on a trouvé $f(0)=-5$ donc $b=-5$.

D'où $f(x)=ax-5$. Mais, par exemple, $f(1)=-2$ donc $1\times a-5=-2$ d'où $a=-2+5=3$.

On en déduit $f(x)=3x-5$.

4. $f(2\,023)=3\times2\,023-5=6\,069-5=6\,064$.

5 **1.** ko signifie « kilo-octet » ;

Mo signifie « mégaoctet » ;

Go signifie « gigaoctet » et To signifie « téraoctet ».

2. 8 Go = 8 000 Mo = 8 000 000 ko.

En passant de 256 ko à 8 000 000 ko, la capacité de la mémoire centrale a été multipliée par :

$$\frac{8\,000\,000}{256}=31250$$

3. En 2017, la capacité du disque dur est :

$64\times15\,625=1\,000\,000$ Mo, soit 1 000 Go, soit 1 To.

6 **1.** I est le milieu de [AB] ; donc I est équidistant de A et de B. Les rayons de la sphère OA et OB sont égaux ; donc O est équidistant de A et de B.

Il résulte des deux phrases précédentes que (OI) est la médiatrice de [AB].

Donc (OI) est perpendiculaire à (AB). Donc le triangle OIA est rectangle en I.

2. Dans le triangle rectangle OIA,

$$\cos(\alpha)=\frac{\text{côté adjacent}}{\text{hypoténuse}}=\frac{AI}{OA}.$$

Or, $AI=\frac{AB}{2}=\frac{14}{2}=7$ cm et $OA=25$ cm.

Donc $\cos(\alpha)=\frac{7}{25}=0{,}28$ (mais on peut se contenter de la fraction).

3. Dans le triangle rectangle AHB,

$$\cos(\alpha)=\frac{\text{côté adjacent}}{\text{hypoténuse}}=\frac{HA}{AB}=\frac{HA}{14}.$$

4. Les deux expressions de $\cos(\alpha)$ sont égales, d'où l'équation :

$\frac{HA}{14}=\frac{7}{25}$ dont l'inconnue est HA.

Les produits en croix sont égaux ;

donc $25\times HA=7\times14=98$. Donc $HA=\frac{98}{25}=3{,}92$ cm.

5. En appliquant le théorème de Pythagore dans le triangle AHB, on obtient :

$HB=\sqrt{AB^2-HA^2}=\sqrt{14^2-3{,}92^2}=\sqrt{180{,}6336}=13{,}44$.

Donc le rayon du cercle tracé sur la sphère est égal à 13,44 cm (exactement).

Bescherelle
La référence au collège

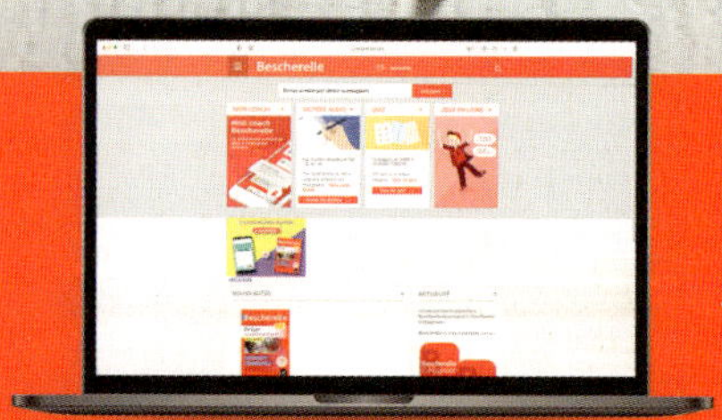

Des compléments pour s'entraîner
sur www.bescherelle.com

Hatier

2 Le nombre des années

Dans une classe du collège Hien on a relevé l'âge des élèves que l'on a représenté dans le diagramme ci-contre :

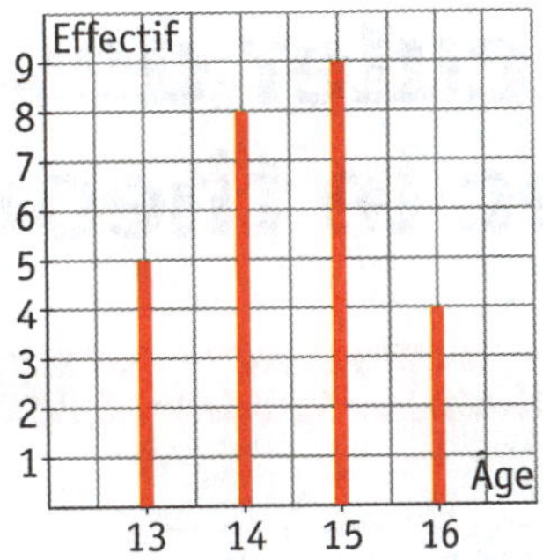

a. Calcule l'effectif de la classe : ....

b. Calcule l'étendue de la série statistique : ....

c. Calcule l'âge moyen m, des élèves de cette classe : ....

d. Calcule la fréquence des élèves ayant un âge supérieur à m :

....

e. Peut-on prendre m comme âge médian ? ....

RAPPEL

• L'**étendue** d'une série statistique est l'écart des valeurs extrêmes de la série.

• La **médiane** d'une série partage la population en deux parties de même effectif.

3 En avril…

On a relevé les températures, dans un village, tous les matins d'avril, à 8 h.

t°	−3°	−1°	0°	4°	6°	10°
Effectif	2	4	1	6	7	10
Fréquence (%)	....	....	....	....	....	....

a. Calcule l'étendue de la série : ....

b. Complète le tableau en calculant les fréquences (à 1 % près).

c. Calcule la température moyenne, notée T. ....

d. T peut-elle être une température médiane ? ....

e. Construis le diagramme circulaire représentant ce relevé de températures.

Effectif	30	2	4	1	6	7	10
Angle	360°	....	....	....	....	....	....

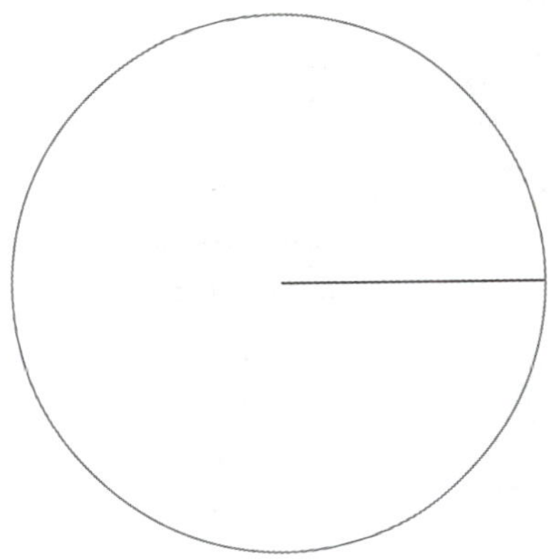

COUP DE POUCE

e. Établis un tableau de proportionnalité entre les effectifs et les angles du diagramme circulaire.

4 À pied, à cheval…

Le diagramme ci-contre indique les moyens de locomotion utilisés par les habitants de l'immeuble de la rue de la Gare pour rejoindre leur travail.

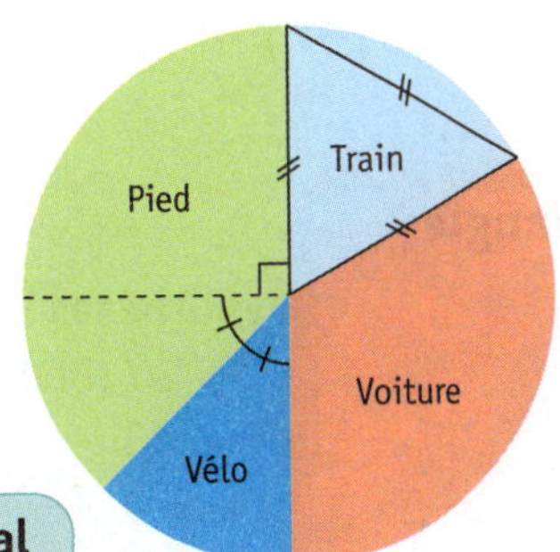

a. En observant le diagramme, complète la première ligne du tableau.

	Train	Vélo	Voiture	Pied	Total
Angle	....	....	....	....	360°
Effectif	28	....	....	....	....
Fréquence (%)	....	....	....	....	100 %

b. Complète les dernières lignes du tableau précédent (arrondis à 1 près).

CORRIGÉS P. 14

Calculer des longueurs avec le théorème de Thalès

Qu'est-ce que le théorème de Thalès ?

Théorème de Thalès

Si les droites (EF) et (BC) sont parallèles, alors

$$\frac{AE}{AB} = \frac{AF}{AC} = \frac{EF}{BC}$$

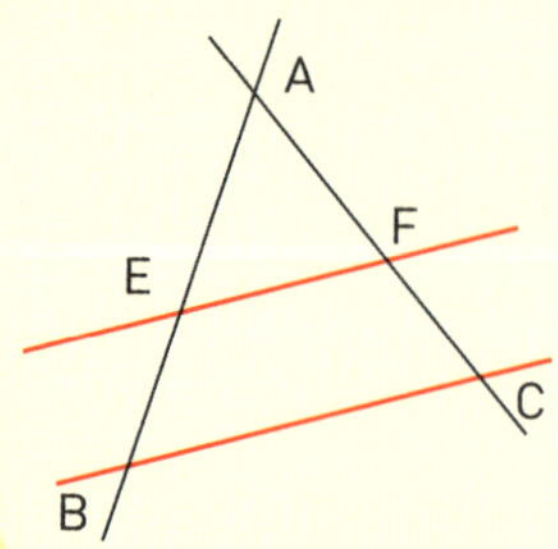

Un exemple de calcul

Calculer AB sachant que :
(EF) // (BC)
AE = 4
AF = 3
AC = 9

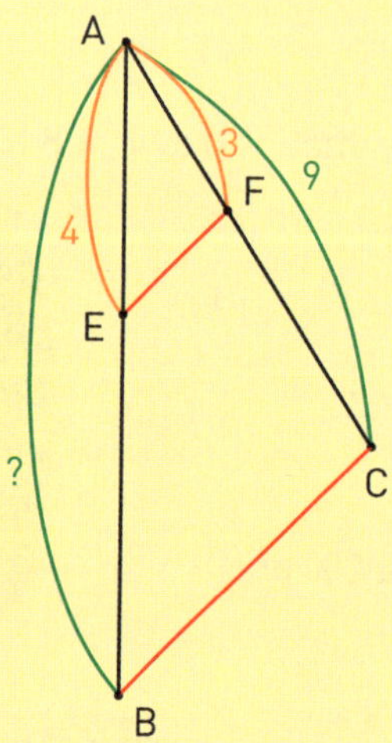

- D'après le théorème de Thalès, on a :

$$\frac{AE}{AB} = \frac{AF}{AC} \text{ et donc } \frac{4}{AB} = \frac{3}{9}.$$

- Avec les produits en croix, on obtient :
$3 \times AB = 4 \times 9 = 36.$

- D'où $AB = \frac{36}{3} = 12.$

Rappel : si $\frac{a}{b} = \frac{c}{d}$ alors $a \times d = b \times c$.
Quand deux quotients sont égaux, les **produits en croix** sont égaux.
Exemple : $\frac{8}{12} = \frac{2}{3}$ et on constate que $8 \times 3 = 12 \times 2$.

1 Dans un triangle ABC

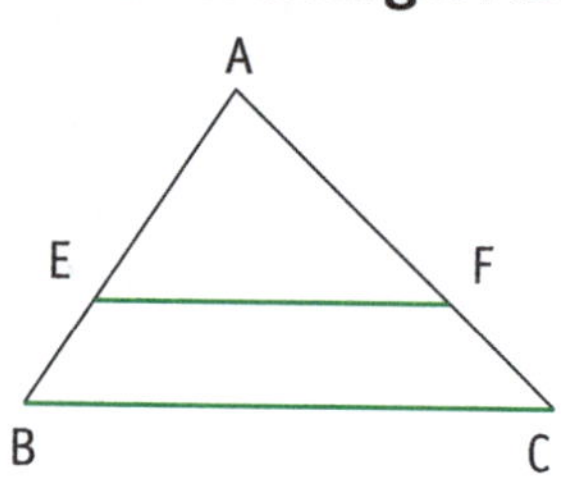

Hypothèses :
- (EF) // (BC)
- AE = 3
- AF = 4
- AC = 6
- BC = 7

a. Calcule AB. ....
....
....

b. Calcule EF. ....
....
....

ATTENTION ! La figure n'est pas à l'échelle.

2 Dans un autre triangle

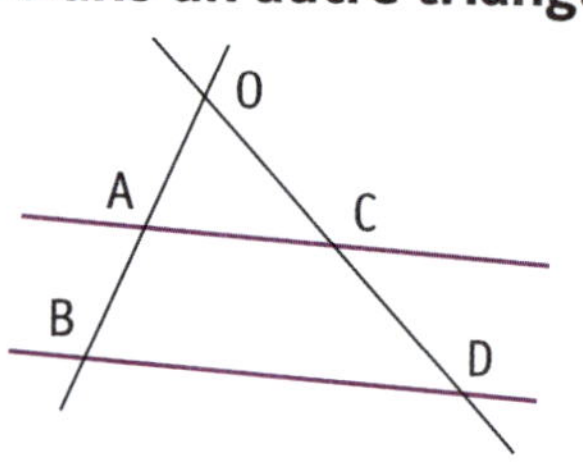

Hypothèses :
- (AC) // (BD)
- OA = 3
- OB = 9
- OC = 2
- AC = 4

a. Calcule OD. ....
....
....

b. Calcule BD. ....
....
....

ATTENTION ! La figure ne représente pas le vrai triangle.

3 Avec un X

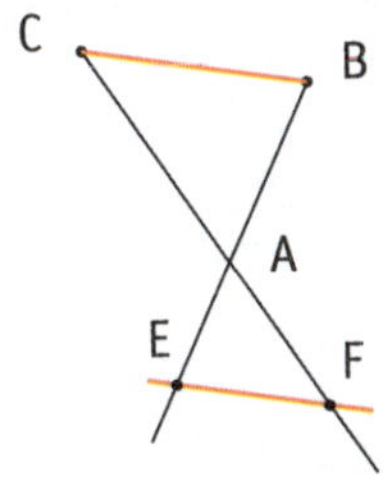

Hypothèses :
- (EF) // (BC)
- AB = 3
- EF = 2
- AC = 4
- BC = 3

a. Calcule AE. ....

....

....

b. Calcule AF. ....

....

....

4 Avec un tableau

Sachant que les droites en couleur sont parallèles, complète le tableau.

t	*h*	*a*	*ℓ*	*e*	*s*
5	....	2	3	....	7
12	8	....	5	4	....
....	28	30	....	36	45

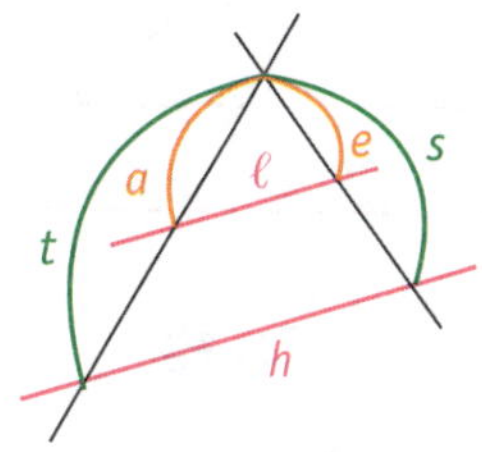

COUP DE POUCE
Fais les calculs au brouillon.

5 Un jour à la montagne

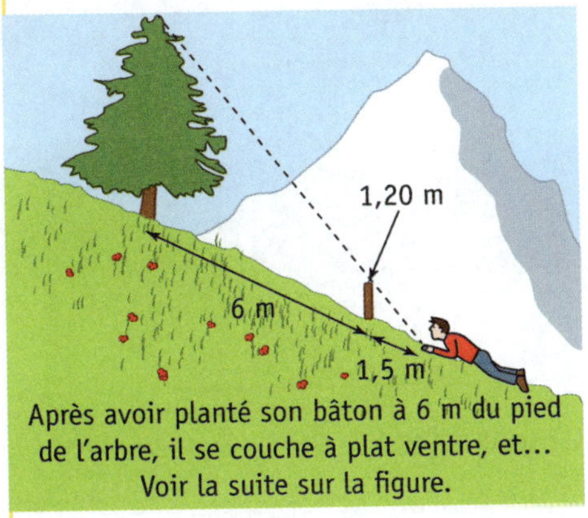

Calcule la hauteur du sapin.

....

....

....

....

....

....

....

COUP DE POUCE
Soit *s* la hauteur du sapin.

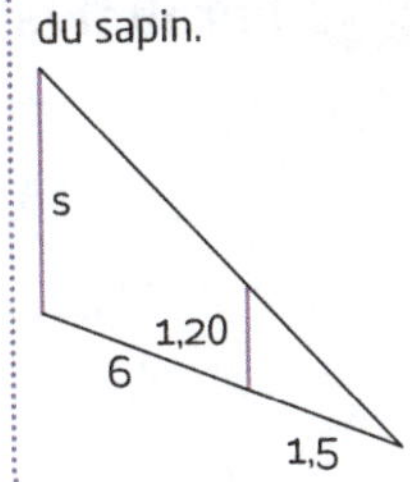

6 Un autre jour près d'un donjon

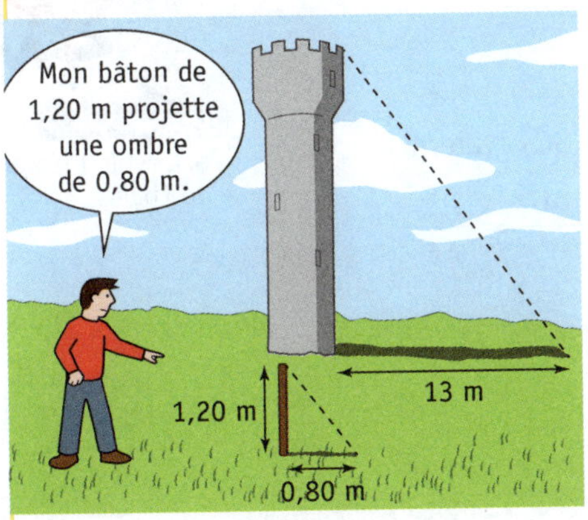

Calcule la hauteur du donjon.

....

....

....

....

....

....

....

COUP DE POUCE
Soit *d* la hauteur du donjon.

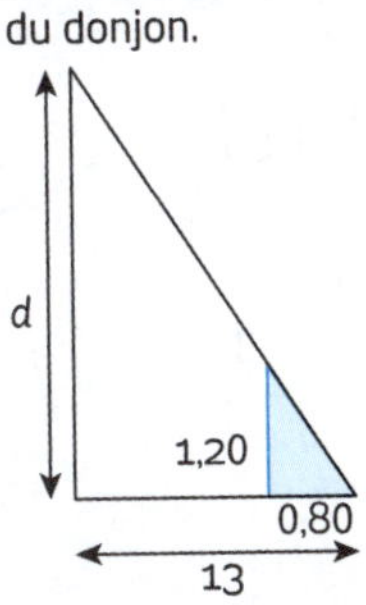

CORRIGÉS P. 15

GÉOMÉTRIE ET MESURES

16 Démontrer que deux droites sont parallèles

Comment démontrer que deux droites sont parallèles ?

Théorème réciproque de Thalès

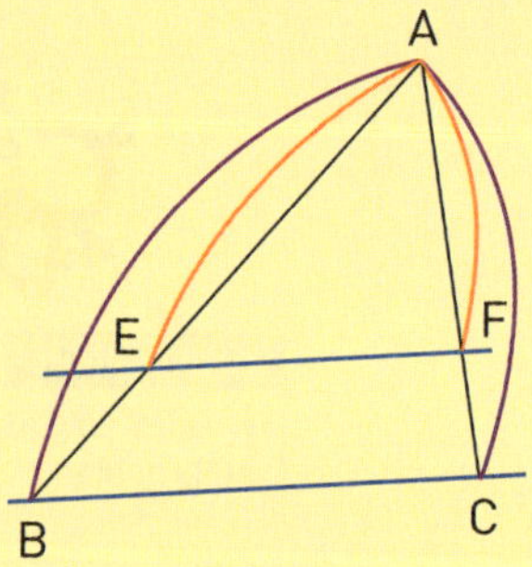

Cas 1

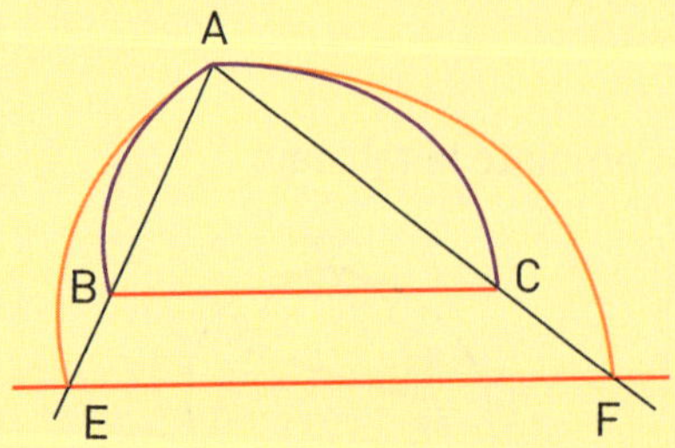

Cas 2

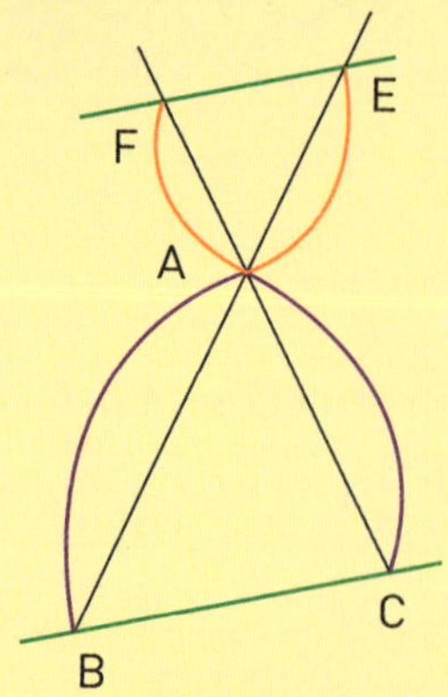

Cas 3

Dans chacun des cas de figures 1, 2 et 3 on a :

Si $\frac{AE}{AB} = \frac{AF}{AC}$ alors les droites (EF) et (BC) sont parallèles.

1 Parallèles ou non ? (1)

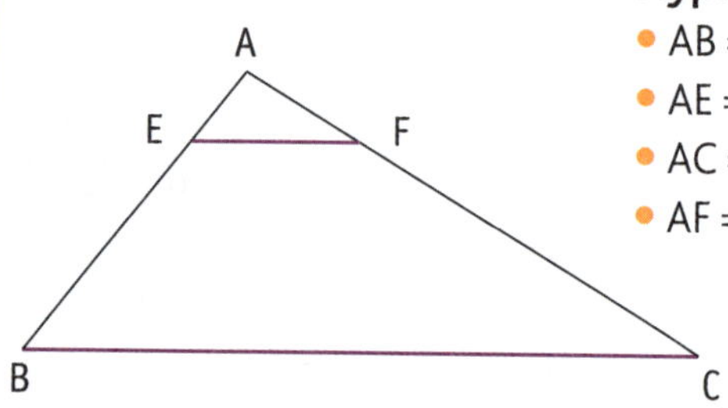

Hypothèses :
- AB = 4 cm
- AE = 1 cm
- AC = 6 cm
- AF = 1,5 cm

a. Calcule.

$\frac{AE}{AB}$ = ...

$\frac{AF}{AC}$ = ...

b. Les droites (EF) et (BC) sont-elles parallèles ? Pourquoi ?

....

....

2 Parallèles ou non ? (2)

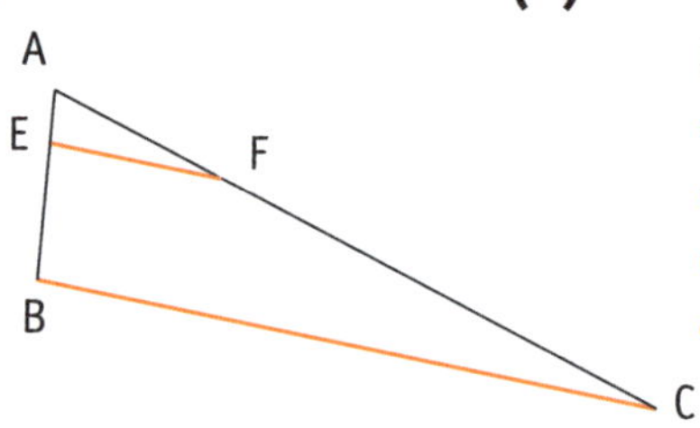

Hypothèses :
- AB = 1,4 cm
- AE = 0,4 cm
- AC = 5 cm
- AF = 1,4 cm

a. Si les droites (EF) et (BC) étaient parallèles, on aurait $\frac{AE}{.....} = \frac{.....}{AC}$.

b. Or $\frac{AE}{AB}$ = ...

$\frac{AF}{AC}$ = ...

c. Conclus. ....

....

COUP DE POUCE

a. C'est le théorème de Thalès.

3 Parallèles ou non ? (3)

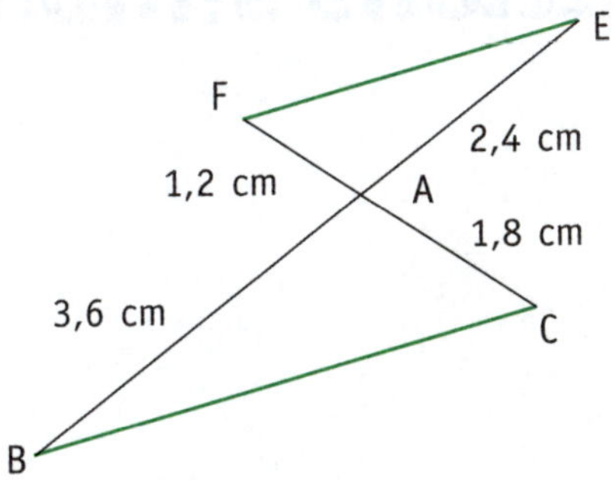

a. Calcule.

$\dfrac{AE}{AB}$ = ... $\dfrac{AF}{AC}$ = ...

b. Les droites (BC) et (EF) sont-elles parallèles ?

Pourquoi ? ....

....

....

4 Dans un carré de côté 10

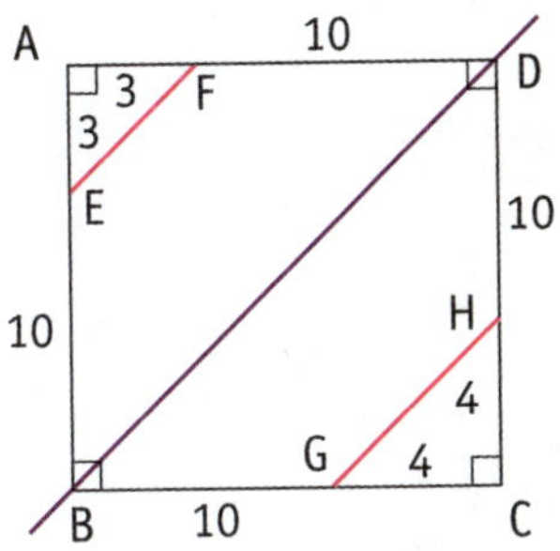

a. Démontre que les droites (EF) et (BD) sont parallèles.

....

b. En est-il de même pour les droites (GH) et (BD) ?

....

c. Que peut-on dire des droites (EF) et (GH) ?

....

COUP DE POUCE

Que peut-tu dire du point G par rapport aux points B et C ?

5 Dans un rectangle

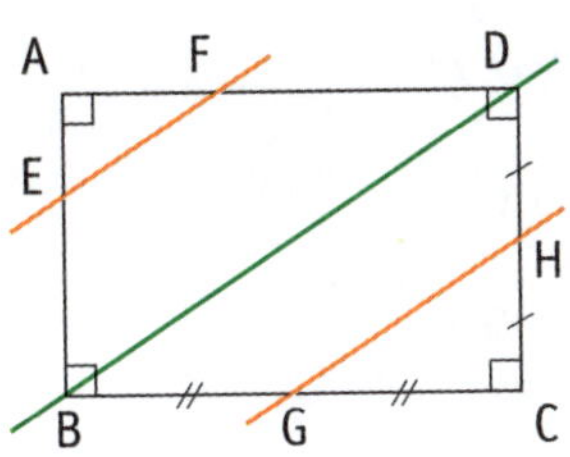

Hypothèses :

- AD = 9 cm
- AF = 3 cm
- AB = 6 cm
- AE = 2 cm

a. Démontre que (GH) // (BD).

....

....

b. Calcule $\dfrac{AF}{AD}$ puis $\dfrac{AE}{AB}$ . ...

....

c. Les droites (EF) et (GH) sont-elles parallèles ? Pourquoi ?

....

....

6 À compléter

On suppose (BD) // (EG) et (DC) // (GF). On va démontrer que (BC) // (EF).

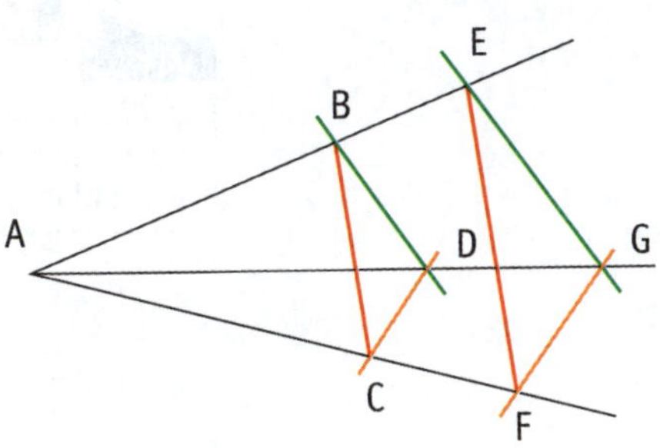

Pour cela, complète :

Comme (BD) // (EG) alors $\dfrac{.....}{.....} = \dfrac{.....}{.....}$

De même, comme (DC) // (GF) alors

$\dfrac{.....}{.....} = \dfrac{.....}{.....}$.

Donc $\dfrac{AB}{AE} = \dfrac{.....}{.....}$.

Donc .... // ....

CORRIGÉS P. 16

Connaître les transformations simples

Comment utiliser les transformations simples ?

- Les transformations étudiées ici sont les **symétries** (axiales et centrales), les **translations** et les **rotations**.

Ces transformations conservent : les longueurs, les mesures d'angles, les aires.

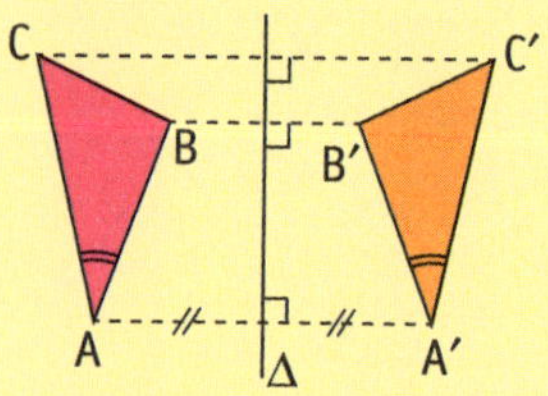

S_Δ : symétrie d'axe Δ

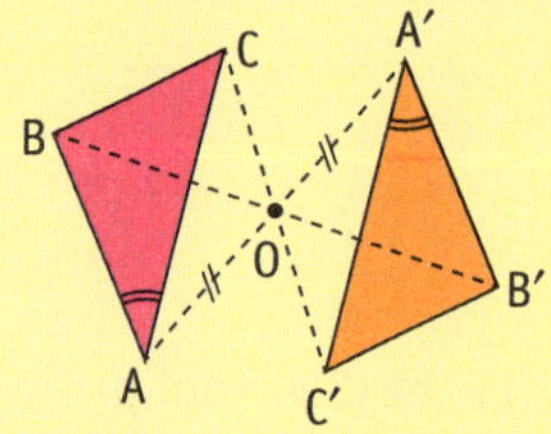

S_O : symétrie de centre O

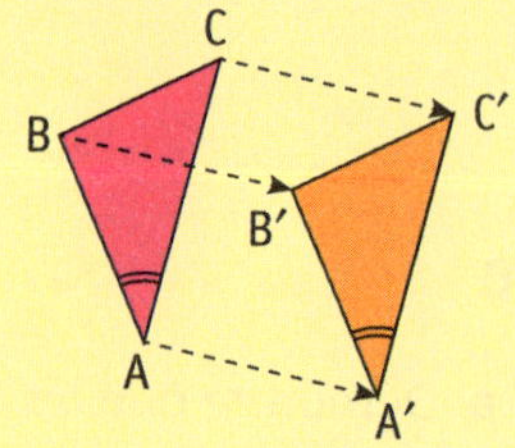

$t_{AA'}$: translation de A vers A'

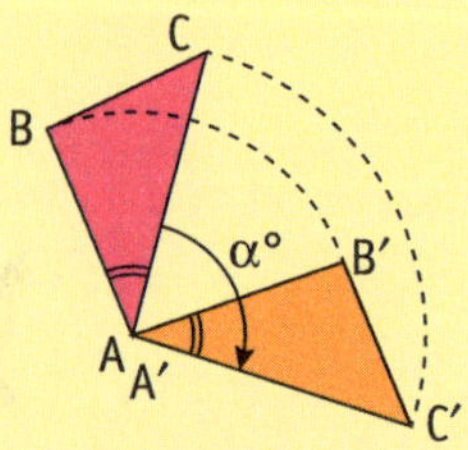

R(A, α) : rotation de centre A et d'angle α° ↻

Pour chacune de ces transformations, on a :
- BC = B'C' (conservation des **longueurs**)
- $\widehat{A} = \widehat{A'}$ (conservation des **mesures d'angles**)
- Aire(ABC) = Aire(A'B'C') (conservation des **aires**)

1 Avec un réseau triangulaire

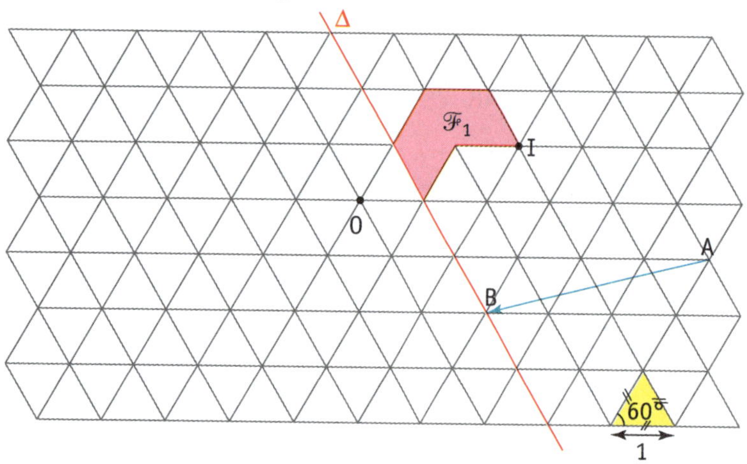

a. Construis :
- la figure $\mathscr{F}_2$ image de $\mathscr{F}_1$ par la translation qui envoie A sur B ;
- la figure $\mathscr{F}_3$ image de $\mathscr{F}_1$ par la symétrie d'axe Δ ;
- la figure $\mathscr{F}_4$ image de $\mathscr{F}_1$ par la symétrie de centre I ;
- la figure $\mathscr{F}_5$ image de $\mathscr{F}_1$ par la rotation de centre O, d'angle 120° ↻.

b. Le périmètre de $\mathscr{F}_1$ est de 6. Déduis-en le périmètre de $\mathscr{F}_5$. Justifie. ....

....

c. L'aire de $\mathscr{F}_1$ est $\sqrt{3}$. Déduis-en l'aire de $\mathscr{F}_2$. Justifie. ....

INFO
La flèche courbée indique le sens de rotation.

2 Frise avec des translations

Trace l'image du motif suivant par la translation t_{AB}. Recommence avec le motif obtenu et ainsi de suite…

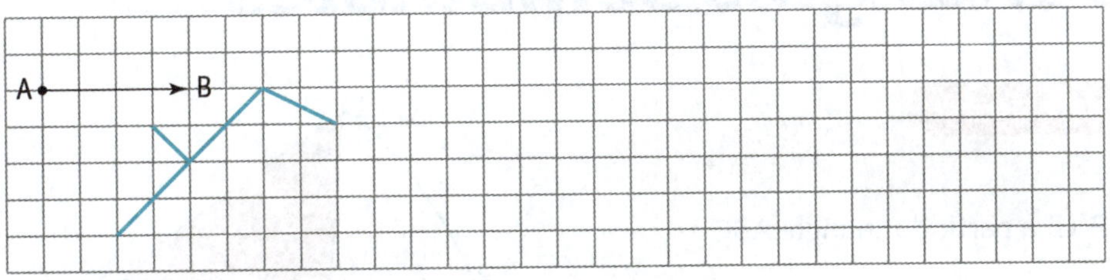

INFO
L'église d'Aulnay en Charente-Maritime présente des frises géométriques de toutes sortes.

3 Frise avec des symétries axiales

Trace l'image du motif suivant par la symétrie d'axe Δ_1. Recommence avec le motif obtenu par la symétrie d'axe Δ_2 et ainsi de suite.

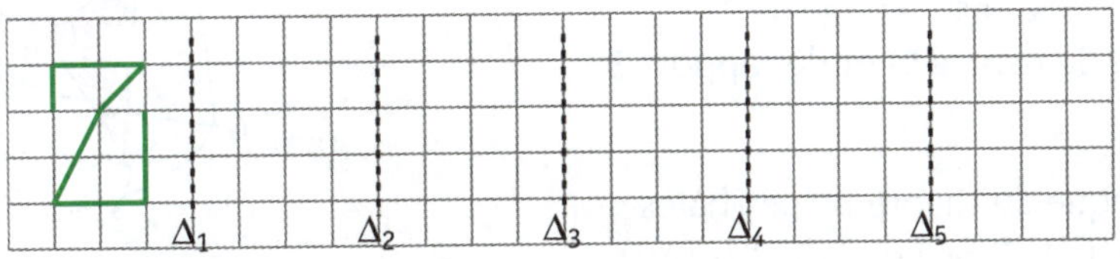

4 Pavage

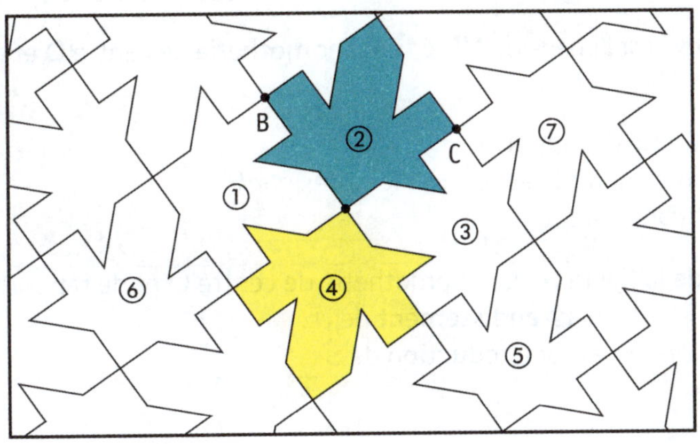

a. Le motif ② est l'image de ④ par une symétrie centrale de centre A. Place A sur le dessin.
De même le motif ④ est l'image de ⑤ par la symétrie de centre D. Place D sur le dessin.

b. Le motif ② est l'image de ①

par la ....

c. ③ a pour image .... par la rotation de centre C d'angle 90° ↻.

d. ② est l'image de ⑤ par la ....

e. ① est l'image de .... par la rotation de centre A d'angle 180° ↺.

5 Rosaces

a. Pour chacune des 4 rosaces, trace les axes de symétrie.

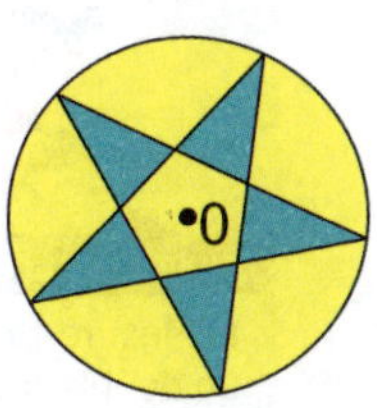

①

②

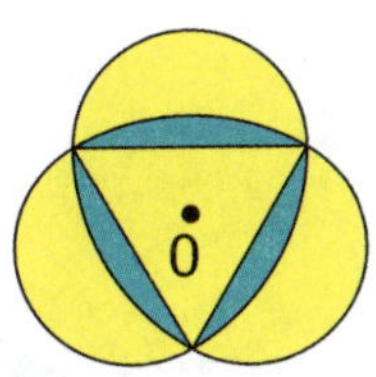

③

④

b. Indique l'angle d'une rotation de centre O qui transforme la rosace en elle-même.

① : .... ② : .... ③ : .... ④ : ....

COUP DE POUCE
b. Il y a plusieurs réponses possibles.

CORRIGÉS P. 18

Connaître les homothéties et les triangles semblables

Qu'est-ce qu'une homothétie ?

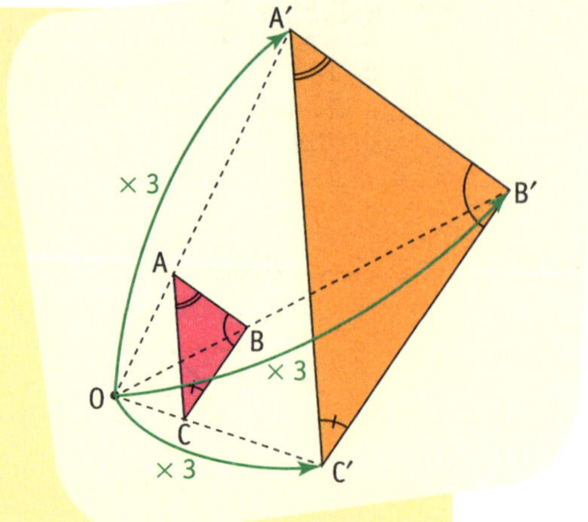

Définition

On construit le triangle A′B′C′ à partir du triangle ABC de façon que :
OA′ = 3 × OA   OB′ = 3 × OB   OC′ = 3 × OC
et que O, A et A′ ; O, B et B′ ; O, C et C′ soient alignés.
On dit alors que A′B′C′ est l'image de ABC par l'**homothétie de centre O et de rapport 3**.

Remarques

D'après la réciproque du théorème de Thalès :
(A′B′) // (AB) ; (B′C′) // (BC) et (A′C′) // (AC).

AB	AC	BC	OA	OB	OC
A′B′	A′C′	B′C′	OA′	OB′	OC′

× 3

C'est un tableau de proportionnalité.
Le coefficient de proportionnalité est le rapport de l'homothétie.

Par conséquent, ABC est l'image de A′B′C′ par l'**homothétie de centre O et de rapport $\frac{1}{3}$**.

Propriétés

Dans une homothétie de rapport k :
- les longueurs sont multipliées par k et les aires par k^2 ;
- les angles sont conservés.

Soit $\mathcal{F}'$ l'image de la figure $\mathcal{F}$ par l'homothétie de centre O et de rapport k.
- Si $k > 1$ alors $\mathcal{F}'$ est un **agrandissement** de $\mathcal{F}$.
- Si $0 < k < 1$ alors $\mathcal{F}'$ est une **réduction** de $\mathcal{F}$.

1 Avec un triangle équilatéral

a. Construis l'image A′B′C′ du triangle équilatéral ABC par l'homothétie de centre O et de rapport 1,5.

b. Démontre que A′B′C′ est équilatéral.

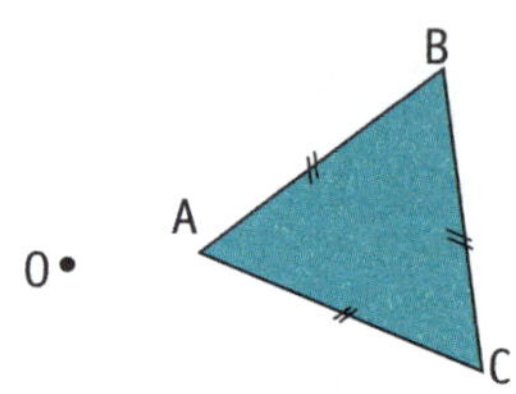

....

....

INFO
On dit que les triangles ABC et A'B'C' sont homothétiques.

2 Avec un losange

a. Construis l'image B′L′E′U′ du losange BLEU par l'homothétie de centre O et de rapport 0,8.

b. Démontre que B′L′E′U′ est un losange.

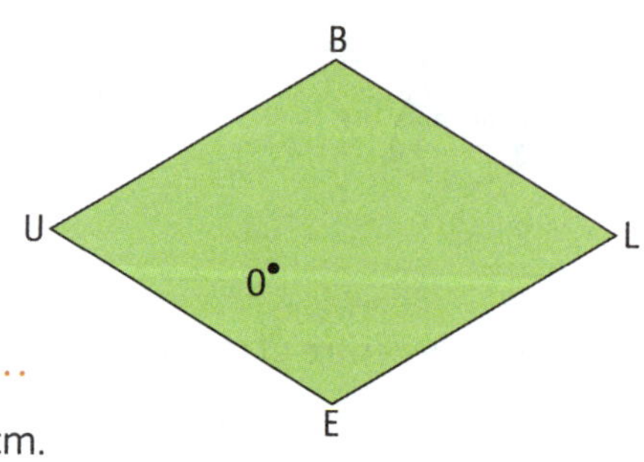

....

c. Supposons que le périmètre de BLEU mesure 16 cm.

Combien mesure le côté B′U′ ? ....

COUP DE POUCE
a. Mesure avec un double décimètre et multiplie par 0,8.

Qu'appelle-t-on triangles semblables ?

▸ **Définition :**

Deux triangles sont **semblables** lorsque les côtés de l'un sont proportionnels aux côtés de l'autre.

ABC et A'B'C' sont semblables veut dire :

$$\frac{A'B'}{AB} = \frac{B'C'}{BC} = \frac{A'C'}{AC}$$

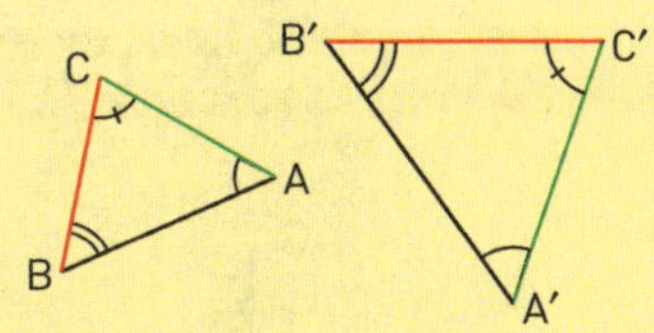

Exemple : Des triangles homothétiques sont semblables.

▸ **Propriétés :** Si deux triangles sont semblables, leurs angles homologues sont égaux.

Et réciproquement : Si deux triangles ont deux angles homologues égaux, alors ils sont semblables.

▸ **Application des triangles semblables :** lorsqu'on sait que deux triangles sont semblables, on écrit la proportionnalité des côtés comme ceci :

$$\frac{A'B'C'}{ABC} \longrightarrow \frac{A'B'}{AB} = \frac{B'C'}{BC} = \frac{A'C'}{AC}$$

Puis on remplace les longueurs connues par leurs valeurs et on peut alors (souvent) calculer les longueurs inconnues.

3 Phrase à trous

« Deux triangles .... sont toujours semblables. »

On peut remplacer les pointillés par : *rectangles – rectangles isocèles – isocèles – équilatéraux.*

Raye les mots qui donnent une phrase fausse.

4 Hauteur d'un triangle rectangle

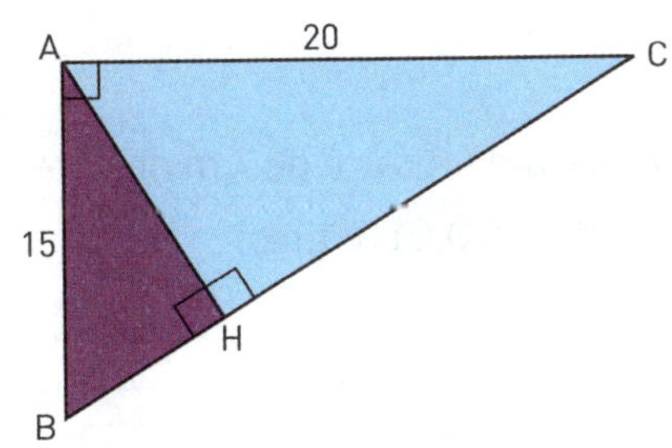

Hypothèses :

- ABC est rectangle en A.
- AH est la hauteur issue de A.
- AB = 15 ; AC = 20.

a. Calcule BC.

....

Pour calculer AH, on pourrait raisonner sur l'aire de ABC. Puis, pour calculer HB et HC, on pourrait convoquer Pythagore. Mais nous allons procéder autrement.

b. Démontre que les triangles ABC et HBA sont semblables.

....

....

COUP DE POUCE
b. Utilise les angles.

c. Déduis-en les longueurs HA, HB et HC.

....

....

....

CORRIGÉS P. 19

Utiliser des racines carrées en géométrie

Quelle est la propriété la plus remarquable des triangles rectangles ?

Théorème de Pythagore

Si ABC est un triangle rectangle en A
alors $AB^2 + AC^2 = BC^2$.

Réciproque

Soit ABC un triangle. Si $BC^2 = AB^2 + AC^2$
alors ABC est un triangle rectangle en A.

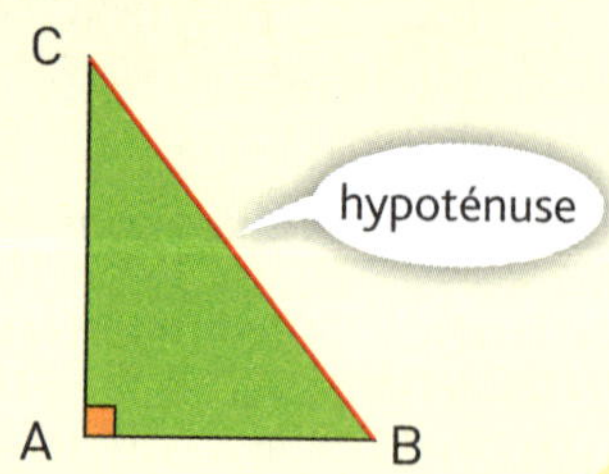

Exemple

Soit ABC un triangle avec AB = 1, AC = 2 et BC = $\sqrt{5}$. Démontrer que ABC est rectangle en A.

On a $AB^2 = 1$ et $AC^2 = 4$; $BC^2 = (\sqrt{5})^2 = 5$.

Comme $AB^2 + AC^2 = 1 + 4 = 5 = BC^2$, alors ABC est rectangle en A, d'après la réciproque du théorème de Pythagore.

1 Calcul de l'hypoténuse

Dans les deux cas suivants, calcule l'hypoténuse du triangle ABC rectangle en A.

a. AB = 12 et AC = 5

b. AB = $\sqrt{5}$ et AC = $\sqrt{11}$

2 Diagonale d'un carré

Calcule la longueur de la diagonale d d'un carré de 7 m de côté (valeur exacte, puis valeur approchée à 0,01 m près).

COUP DE POUCE

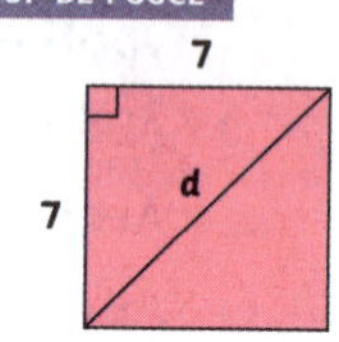

3 Périmètre d'un carré

Détermine le périmètre d'un carré d'aire 72,25 cm².

4 Est-il rectangle ?

Soit ABC un triangle tel que AB = $\sqrt{12}$, AC = $\sqrt{13}$ et BC = 5.

Ce triangle est-il rectangle ?

5 Triangle isocèle ?

Les points A, B et C sont sur les nœuds d'un quadrillage à mailles carrées.

Le côté de chaque petit carré mesure 1 unité.

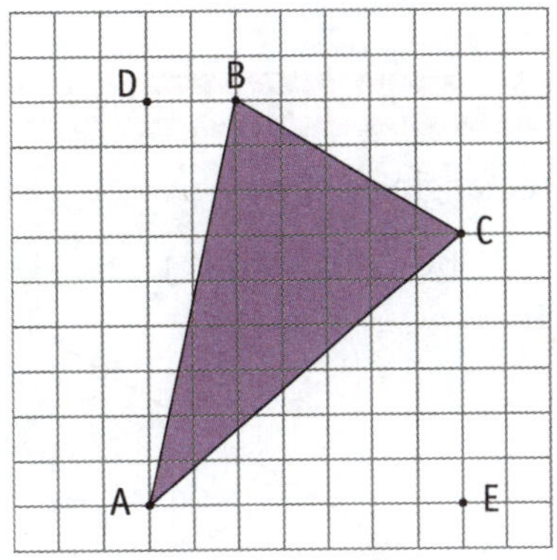

a. Calcule AB (à l'aide du triangle ADB).

....

b. Calcule AC (à l'aide du triangle AEC).

....

c. Le triangle ABC est-il isocèle ? ....

COUP DE POUCE

Inutile de chercher une valeur approchée de ces distances. Tu peux les laisser sous la forme $\sqrt{\ldots}$.

6 Hauteurs d'un triangle

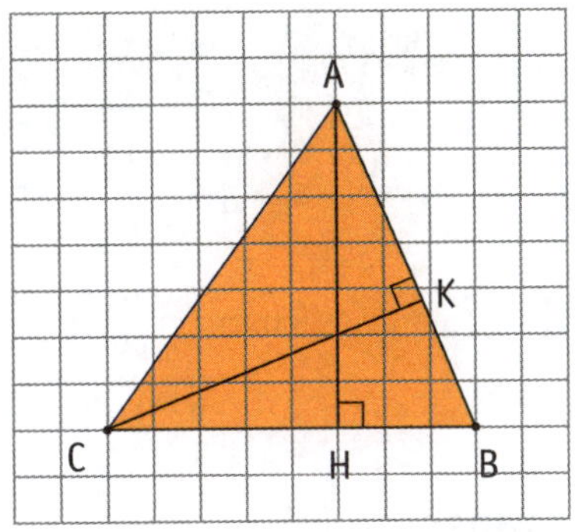

a. Combien mesurent la base [CB] et la hauteur [AH] du triangle CAB ?
(Le côté d'un carré du quadrillage mesure 1 unité.)

CB = ... AH = ...

b. Calcule l'aire du triangle CAB.

....

c. Calcule la longueur du côté [AB].

AB^2 = ... Donc AB = ...

d. Déduis-en la longueur de la hauteur [CK] (valeur exacte et valeur arrondie à 0,01 près).

....

....

7 Calcul de la hauteur d'un triangle équilatéral

On donne le triangle équilatéral RAS de côté 8 cm.

Calcule la hauteur [AH] (valeur exacte et valeur arrondie à 0,01 près).

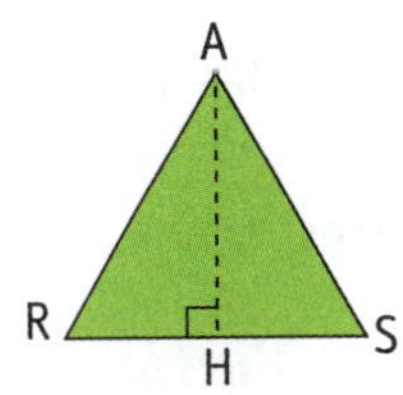

....

....

....

8 Triangle équilatéral dans un cube

Dans un cube de côté 5 cm, on considère le triangle équilatéral ABC (voir figure).
Calcule le côté AB du triangle équilatéral ABC.
(Donne une valeur arrondie à 0,01 près.)

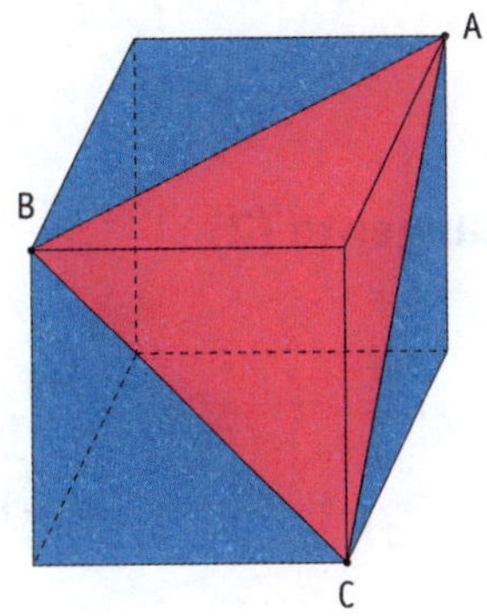

....

....

CORRIGÉS P. 19

GÉOMÉTRIE ET MESURES

20 Utiliser la trigonométrie

Comment utiliser la trigonométrie pour calculer des longueurs ?

- Dans un triangle ABC rectangle en C, on a :

$AC = AB \times \cos(\hat{A})$

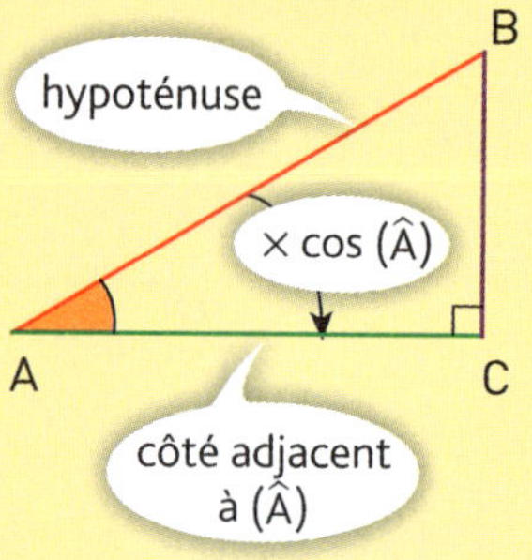

$\cos(\hat{A}) = \frac{AC}{AB}$

cosinus = $\frac{\text{côté adjacent}}{\text{hypoténuse}}$

$BC = AB \times \sin(\hat{A})$

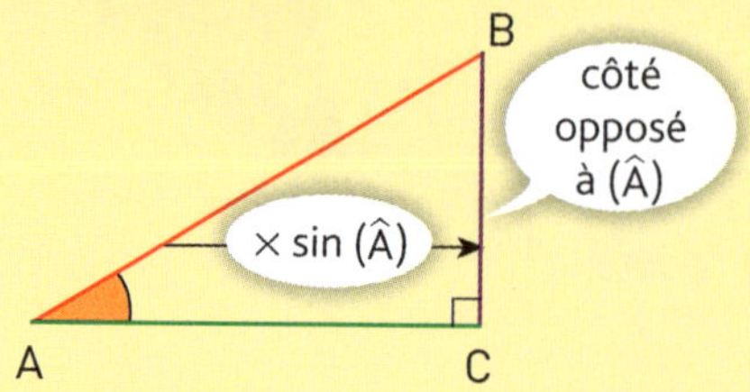

$\sin(\hat{A}) = \frac{BC}{AB}$

sinus = $\frac{\text{côté opposé}}{\text{hypoténuse}}$

$BC = AC \times \tan(\hat{A})$

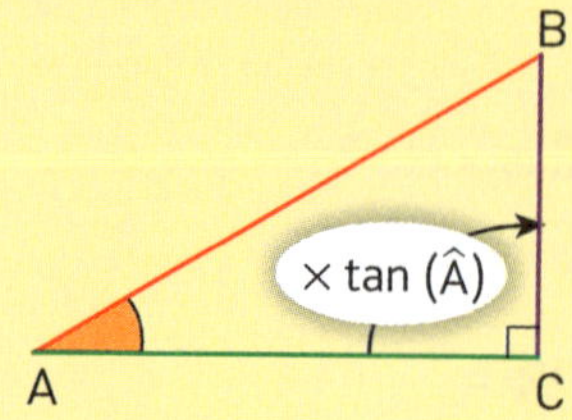

$\tan(\hat{A}) = \frac{BC}{AC}$

tangente = $\frac{\text{côté opposé}}{\text{côté adjacent}}$

ATTENTION ! Repère bien l'hypoténuse, le côté opposé et le côté adjacent à l'angle $\hat{A}$.

1 Sinus, cosinus et tangente (1)

Pour les trois questions :

- raye les mentions inutiles parmi les trois proposées ;
- donne les valeurs exactes.

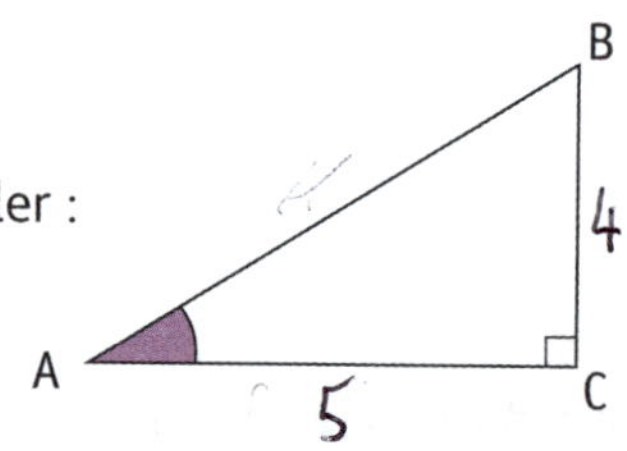

a. Sachant que AC = 5 et BC = 4, je peux immédiatement calculer :

$\cos(\hat{A})$ / $\sin(\hat{A})$ / $\tan(\hat{A})$ qui est égal à 0,8

b. Sachant que AC = 6 et AB = 7, je peux immédiatement calculer :

$\cos(\hat{A})$ / $\sin(\hat{A})$ / $\tan(\hat{A})$ qui est égal à 0,85

c. Sachant que AB = 8 et BC = 3, je peux immédiatement calculer :

$\cos(\hat{A})$ / $\sin(\hat{A})$ / $\tan(\hat{A})$ qui est égal à 0,375

2 Sinus, cosinus et tangente (2)

Calcule :

$\cos(\hat{A})$ = ...

$\sin(\hat{A})$ = ...

$\tan(\hat{A})$ = ...

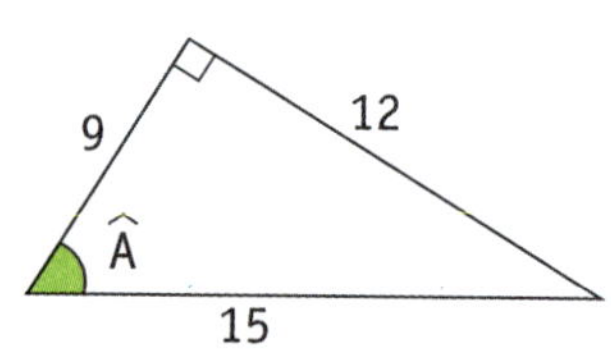

3 Avec la calculatrice

ATTENTION ! La calculatrice doit être en mode degré.

Donne, à 0,01 près : cos(33°) ≈ 0,83 ; sin(1°) ≈ 0,01 ; tan(10°) ≈ 0,17

4 Calculs dans un triangle rectangle

Hypothèse : $\sin(\hat{A}) = 0{,}16$.

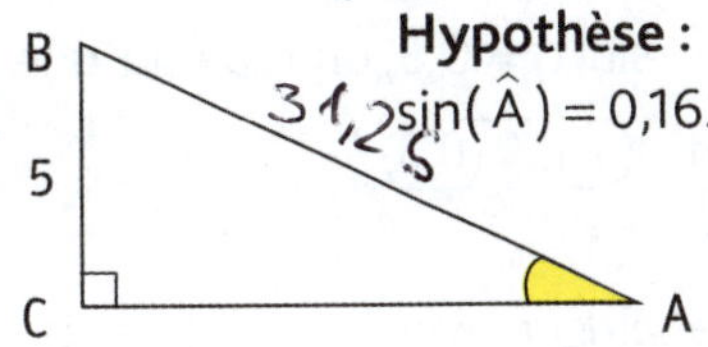

a. Calcule AB.

$\frac{BC}{AB} = 0{,}16 = \frac{5}{AB}$ $AB = 5 \div 0{,}16 = 31{,}25$

b. Calcule AC à 0,01 près.

$AC^2 = BC^2 + AB^2$

c. Calcule à 0,01 près :

$\cos(\hat{A}) =$ ……

5 De tous côtés

a. Calcule à 0,01 cm près :

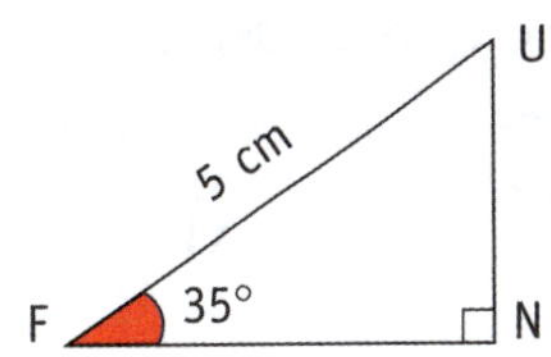

NF = ……

UN = ……

b. Calcule à 0,01 cm près EA et SE.

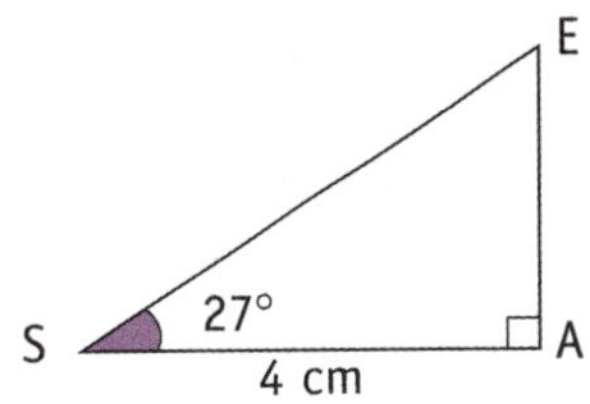

c. Calcule à 0,01 cm près YJ et JO.

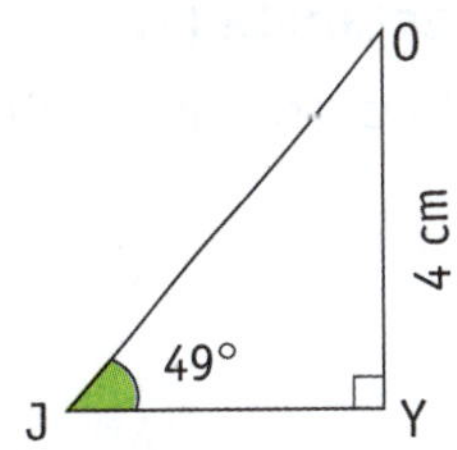

6 Calculs dans un pentagone

Le pentagone régulier PENTA est inscrit dans un cercle de rayon 3.

INFO
- Un angle plein mesure 360°.
- (OH) partage l'angle $\widehat{POE}$ en deux angles égaux.

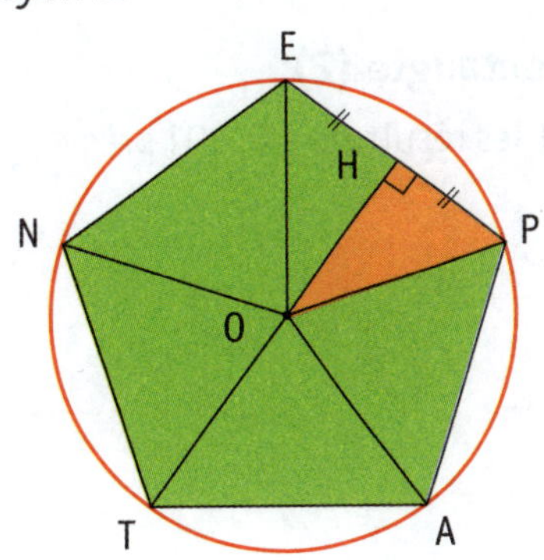

a. Calcule :

$\widehat{POE} =$ ……

$\widehat{POH} =$ ……

b. Calcule les longueurs OH, PH et PE à 0,001 près.

CORRIGÉS P. 20

Calculer des angles

Comment évaluer la mesure d'un angle dans un triangle rectangle ?

Calcul de la mesure d'un angle aigu dont le sinus est connu

Exemple : Sachant que $\sin(x) = 0{,}3$, on tape sur une calculatrice scientifique :

arcsin(0,3) ou bien $\sin^{-1}(0{,}3)$

et on lit $x \approx 17{,}457\,6°$.

On procède de façon analogue avec le cosinus et la tangente.

Formules de trigonométrie

Avec $\cos(\hat{A}) \neq 0$, on a : $\tan(\hat{A}) = \dfrac{\sin(\hat{A})}{\cos(\hat{A})}$

Pour tout angle $\hat{A}$, on a : $\cos^2(\hat{A}) + \sin^2(\hat{A}) = 1$

$\cos^2(\hat{A})$ signifie $[\cos(\hat{A})]^2$.

1 Avec la calculatrice

La lettre x désigne la mesure en degrés d'un angle aigu.

Complète chaque ligne du tableau suivant. Donne les résultats à 0,001 près.

x (en degrés)	$\cos(x)$	$\sin(x)$	$\tan(x)$
5			
	0,3		
		0,2	
			3,1

COUP DE POUCE

Pour les trois dernières lignes, commence par évaluer x.

2 Dans un triangle rectangle (1)

Complète en donnant les résultats à 0,001 près :

$\tan(\hat{A}) =$ ....

$\hat{A} \approx$ ....

$\cos(\hat{A}) \approx$ ....

$\sin(\hat{A}) \approx$ ....

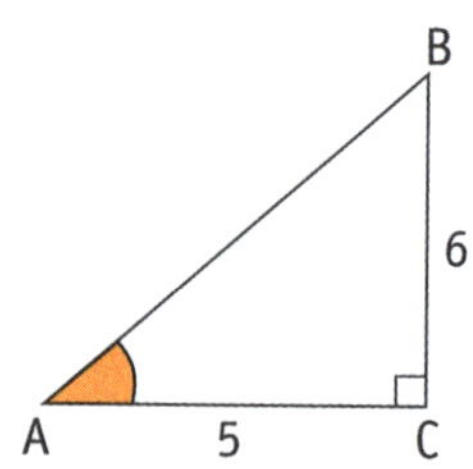

3 Dans un triangle rectangle (2)

Complète en donnant les résultats à 0,001 près :

$\sin(\hat{A}) =$ ....

$\hat{A} \approx$ ....

$\cos(\hat{A}) \approx$ ....

$\tan(\hat{A}) \approx$ ....

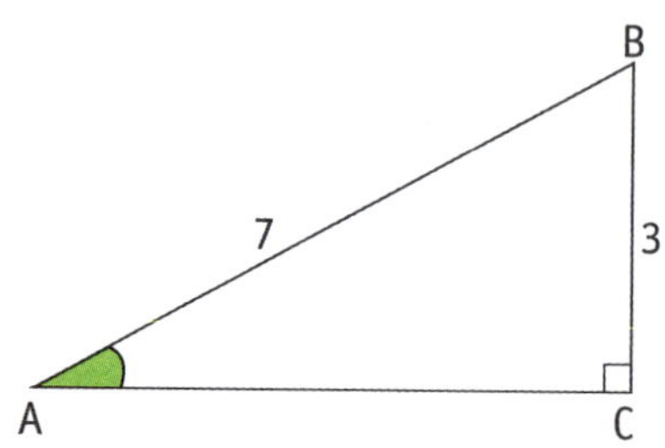

4 Le triangle 3-4-5

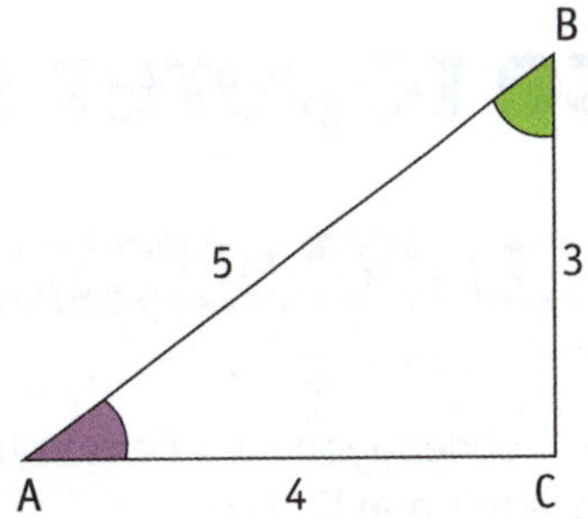

a. Vérifie que ABC est rectangle en C.

b. $\sin(\widehat{A}) = \dots$

Déduis-en la mesure de $\widehat{A}$, puis celle de $\widehat{B}$ (à 0,01° près).

5 Dans un quadrillage à maille carrée

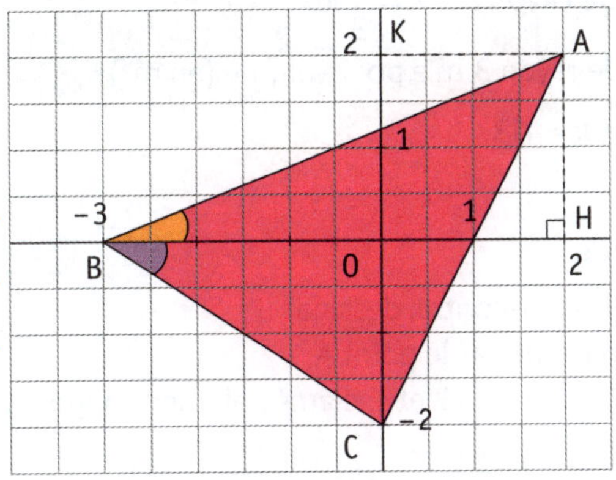

a. Calcule $\tan(\widehat{ABO})$ et déduis-en la mesure de $\widehat{ABO}$ à 0,01° près.

b. Calcule $\tan(\widehat{OBC})$ et déduis-en les mesures de $\widehat{OBC}$ puis de $\widehat{ABC}$.

c. En s'inspirant des questions **a.** et **b.**, calcule à 0,01° près la mesure de l'angle $\widehat{C}$ du triangle ABC.

d. Déduis-en une valeur approchée de la mesure de l'angle $\widehat{A}$ du triangle ABC.

COUP DE POUCE

a. Dans le triangle rectangle ABH, ...
b. Dans le triangle rectangle OBC, ...

6 Sans connaître $\widehat{A}$

$\widehat{A}$ est un angle aigu. On donne $\sin(\widehat{A}) = 0{,}352$. Sans déterminer la mesure de $\widehat{A}$, calcule $\cos(\widehat{A})$ puis $\tan(\widehat{A})$ à 0,000 001 près.

COUP DE POUCE

Utilise les relations $\cos^2(\widehat{A}) + \sin^2(\widehat{A}) = 1$ et $\tan(\widehat{A}) = \dfrac{\sin(\widehat{A})}{\cos(\widehat{A})}$.

CORRIGÉS P. 22

Calculer le volume de la boule et se repérer sur la sphère

Que faut-il connaître de la sphère et de la boule ?

Définition

- La **sphère** de centre O et de rayon r est l'ensemble des points M de l'espace tels que $OM = r$.
- Deux points A et B de la sphère sont **diamétralement opposés** si [AB] est un diamètre de la sphère.
- Un **grand cercle** de la sphère de rayon r est un cercle de rayon r, ayant pour centre le centre de la sphère.

Volume de la boule de rayon r : $V = \frac{4}{3}\pi r^3$

Exemple : Une boule de rayon 3 m a pour volume (en m³) :
$V = \frac{4}{3} \times \pi \times (3)^3 = 36\pi \approx 113$.

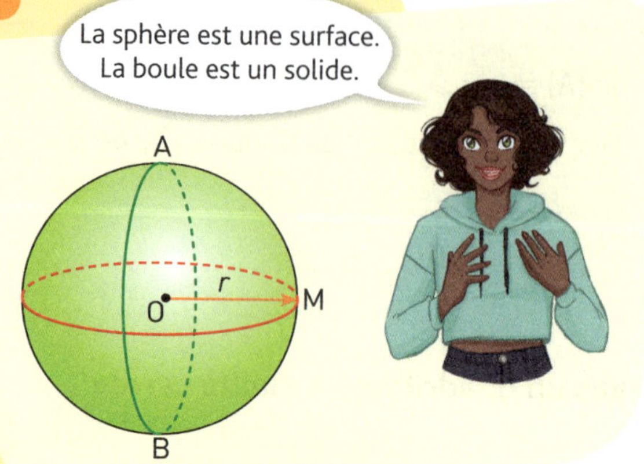

1 Dessin à main levée

Sur le dessin de la sphère ci-contre, dessine deux grands cercles passant par le point A.
Sur la sphère, place deux points B et C diamétralement opposés.

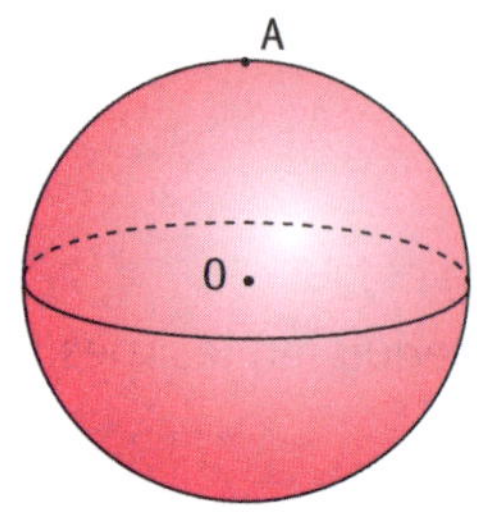

INFO
- En perspective, un cercle est représenté par une ellipse.
- Les traits cachés sont en pointillés.

2 Calcul de volumes

Calcule le volume des boules de rayons suivants, en donnant la valeur exacte, puis une valeur approchée à 0,001 près. (Précise les unités.)

a. 12 mm ....

b. 9 cm ....

c. 15 m ....

3 Agrandir ou réduire

a. Une boule A est l'agrandissement, de rapport 3, d'une boule B dont le volume est 123 cm³.
Calcule le volume de la boule A. ....

b. Une boule A′ est la réduction, de rapport 0,2, d'une boule B′ de rayon 15 m.
Calcule le rayon de la boule A′. ....
Calcule le volume de la boule A′ (à 0,01 près). ....

COUP DE POUCE
Utilise la propriété (k, k^2, k^3) vue en 4e.

4 De la Terre à la Lune

a. En admettant que la Terre soit une boule de 6 400 km de rayon, calcule son volume (à un milliard de km³ près). ....

b. Le rayon de la Terre est environ 3,7 fois plus grand que celui de la Lune. Déduis-en le volume de la Lune (à un milliard de km³ près). ....

Qu'est-ce que les coordonnées géographiques ?

- *Exemple* : Voici les coordonnées géographiques de deux villes :
  Moscou (38° E ; 56° N) et Rio (43° W ; 23° S).
  La **longitude** de Moscou est 38° E, celle de Rio 43° W.
  La **latitude** de Moscou est 56° N, celle de Rio 23° S.
- Un **méridien** est un demi-cercle délimité par les pôles.
  Celui qui passe par Greenwich est rouge sur le dessin. Sa longitude est 0°.
- Le petit cercle passant par Moscou est un **parallèle**. L'équateur est un parallèle particulier. Sa latitude est 0°.

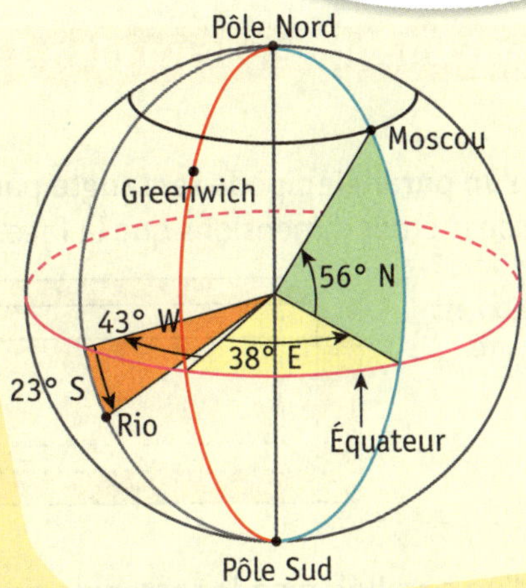

5 Petit quiz

a. Quelle est la signification des lettres utilisées pour écrire des coordonnées géographiques ? N : .... ; E : .... ; W : .... ; S : ....

b. Un bateau traverse l'équateur. À ce moment, sa latitude est : ....

c. Le village de Melleran est situé sur le méridien de Greenwich. Sa longitude est ....

d. Le seul parallèle qui soit un grand cercle est :

....

e. Les méridiens sont-ils des grands cercles ? ☐ Oui ☐ Non

f. Les points diamétralement opposés au méridien de Greenwich ont pour longitude :

....

....

INFO
Greenwich est une ville d'Angleterre proche de Londres.

6 Coordonnées géographiques de quelques villes

a. Les coordonnées d'Athènes sont :

(.......... ; ....)

b. Complète la figure en inscrivant en face des points le nom des villes suivantes :
Paris (2° E ; 49° N), New-York (74° W ; 41° N), Saint-Pierre de la Réunion (55° E ; 21° S), Londres (0° ; 51° N), Montevideo (56° W ; 35° S), Kaboul (69° E ; 34° N).

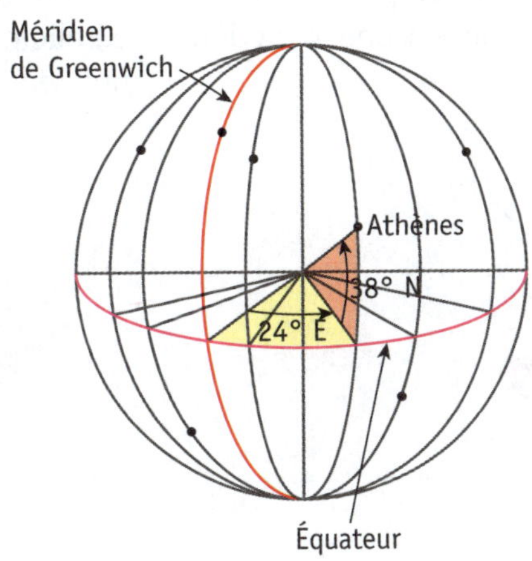

INFO
GPS = *Global Positioning System*

7 Migrateur

On a déterminé la position d'un oiseau muni d'une balise GPS : (43° W ; 56° N).
Pour indiquer la position de l'oiseau, place la lettre O sur le schéma en haut de cette page.

CORRIGÉS P. 23

Couper un solide par un plan

Qu'est-ce que la section d'un solide par un plan ?

Propriétés

• La section **d'un cube ou d'un parallélépipède rectangle** par un plan parallèle à une face est un rectangle de mêmes dimensions que la face.

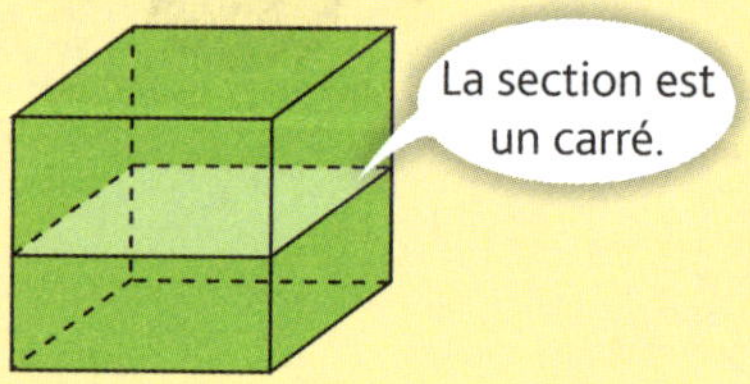

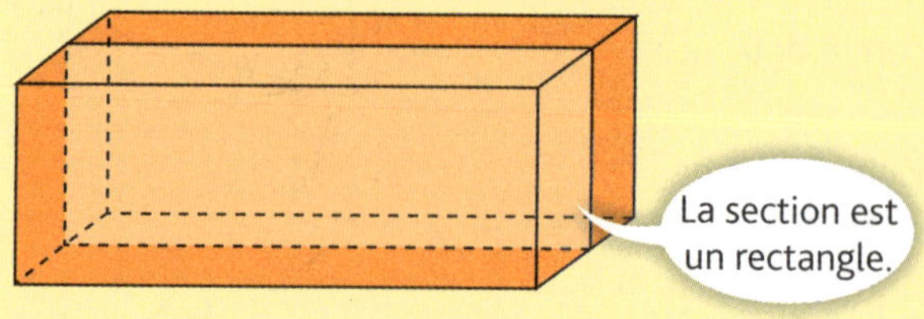

• La section **d'un cube ou d'un parallélépipède rectangle** par un plan parallèle à une arête est un rectangle.

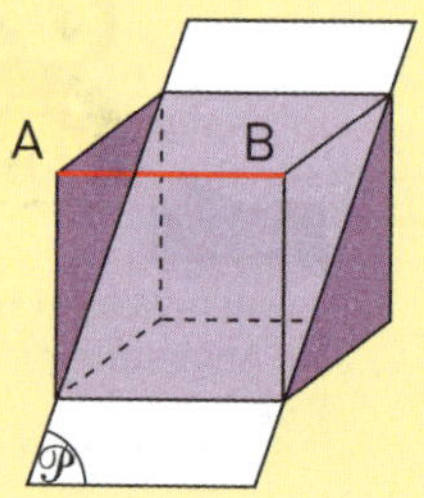

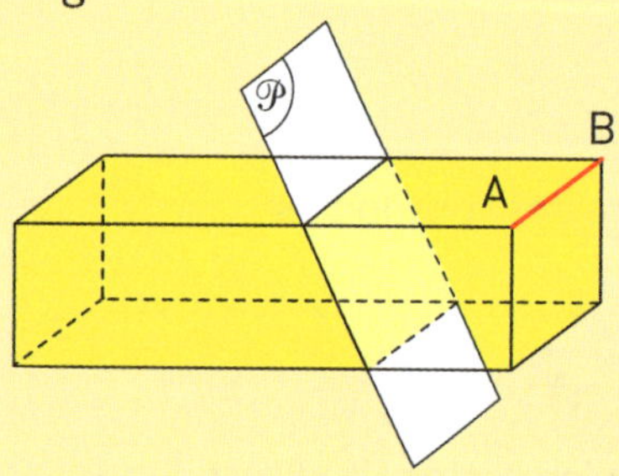

• La section d'un **cylindre** par un plan perpendiculaire à l'axe du cylindre est un disque de même rayon que celui des bases du cylindre.

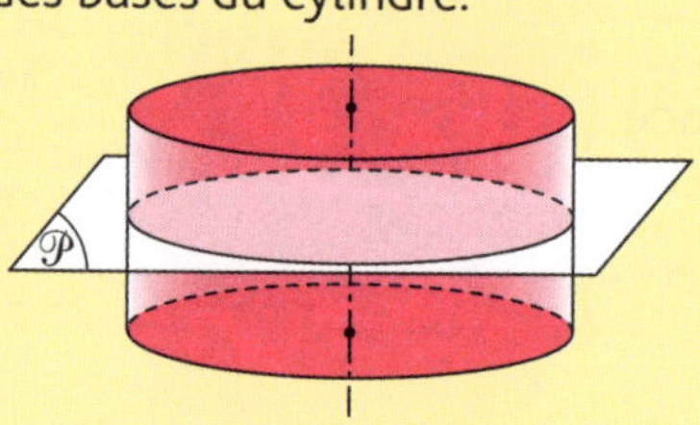

• La section d'un **cylindre** par un plan parallèle à l'axe du cylindre est un rectangle.

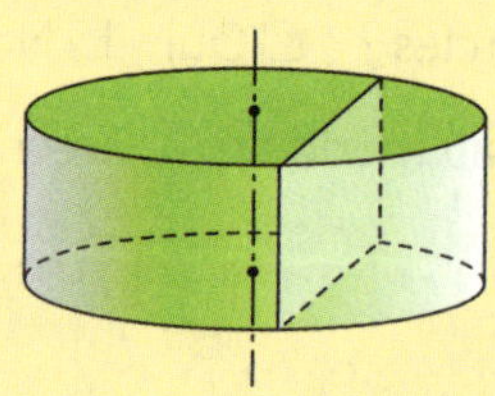

• La section d'un **cône** par un plan parallèle à la base est un disque qui est une réduction du disque de base.

• La section d'une **pyramide** par un plan parallèle à la base est un polygone qui est une réduction du polygone de base.

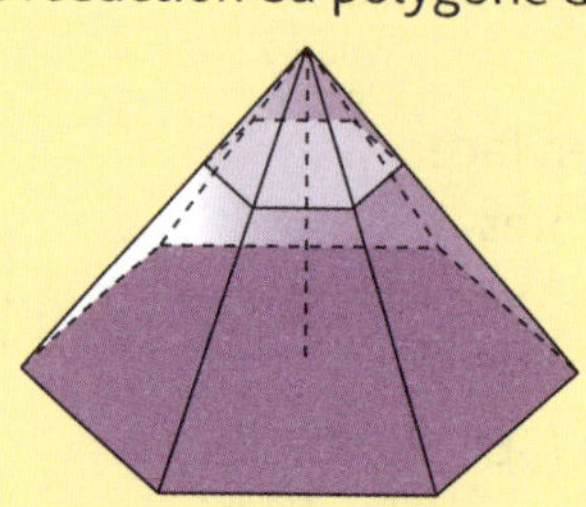

1 Section d'un cube

HAUTFOND est un cube de 8 cm de côté.

a. Trace et colorie la section de ce cube par le plan parallèle à la face FOND, passant par le point Z.

b. Quelle est la nature de cette section ? ....

Calcule son aire. ....

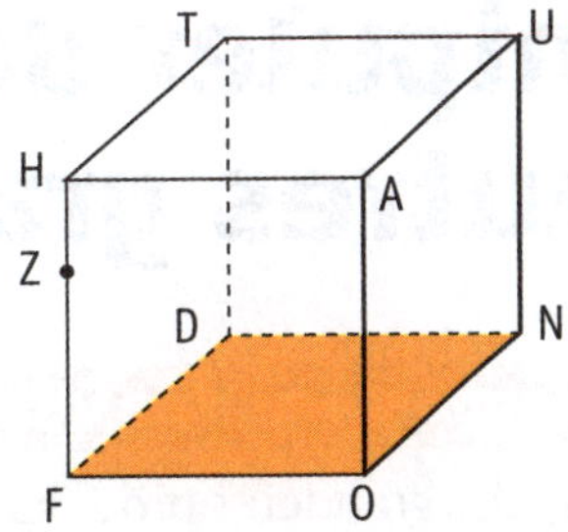

2 Section d'un parallélépipède rectangle

a. Trace la section du parallélépipède par le plan parallèle à l'arête [AB] et passant par les points C et D.

Cette section est un : ....

b. Donne les dimensions de cette section.

....

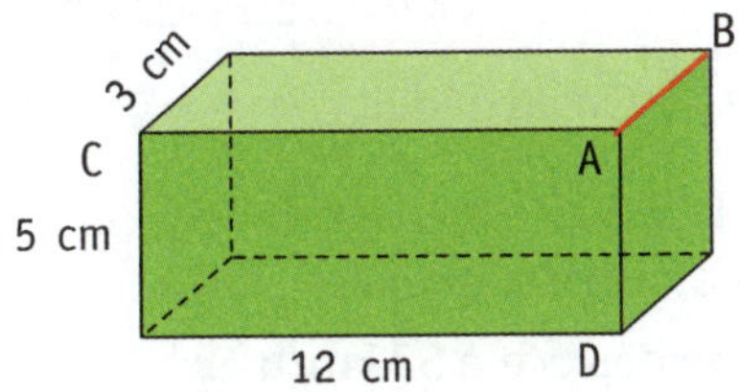

COUP DE POUCE

b. Que peux-tu dire du triangle CAD ?

3 Section d'un cylindre (1)

a. Dessine la section du cylindre par le plan $\mathscr{P}$ perpendiculaire à l'axe du cylindre et passant par les points A et B.

Que dire de cette section ? ....

b. Le cylindre a 10 cm de haut et 3 cm de rayon.

Calcule le périmètre de la section. ....

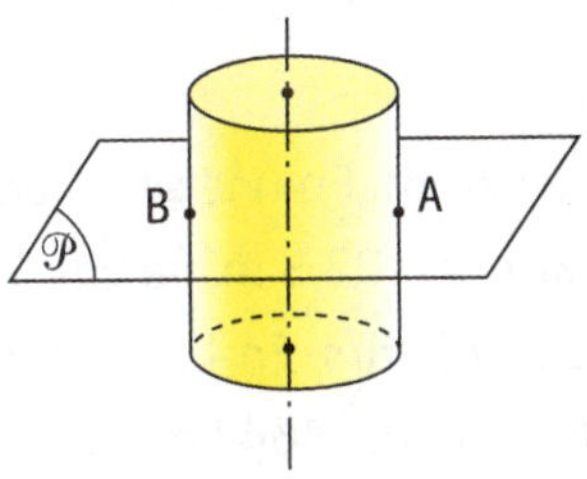

4 Section d'un cylindre (2)

a. Dessine la section du cylindre par le plan passant par A et contenant l'axe du cylindre. Que dire de cette section ?

....

b. Calcule son aire. ....

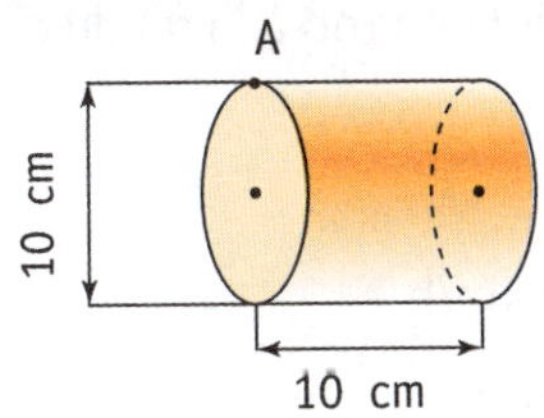

5 Section d'une pyramide

La pyramide HELAS est inscrite dans un cube de 6 cm de côté.

a. Place le milieu I de [HE].

b. Représente sur le dessin la section de la pyramide HELAS par le plan parallèle à SALE et passant par I.

c. Que dire de cette section ? ....

....

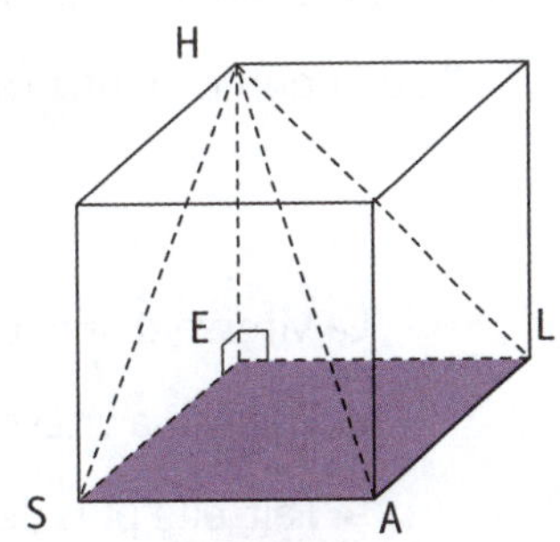

6 Section d'un cône

a. Place le milieu M de [AS]. Représente à main levée la section du cône par le plan parallèle à la base et passant par M.

b. On sait que $r = 10$ cm. Que dire de cette section ?

....

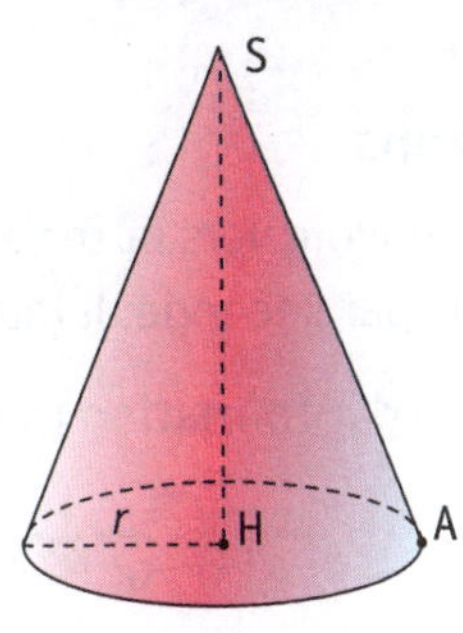

CORRIGÉS P. 24

24

GÉOMÉTRIE ET MESURES

Manipuler des vitesses et autres grandeurs

Comment traiter des problèmes de vitesse, de débit, etc. ?

Pour mesurer, on utilise des grandeurs produits ou des grandeurs quotients.

Vitesse

Si v désigne la vitesse, d la distance parcourue et t la durée du parcours,

on a alors $\boxed{d = v \times t}$. On en déduit $\boxed{v = \frac{d}{t}}$ et $\boxed{t = \frac{d}{v}}$

Si d est en km et t en h alors v est en km/h.
Si d est en m et t en s alors v est en m/s.

Exemple : Un scooter se déplace à 52 km/h.

Pour parcourir 78 km, il met : $\frac{78}{52} = 1{,}5$ h soit une heure et demie.

En deux heures et demie, il aura parcouru : $52 \times 2{,}5 = 130$ km.

Changements d'unités

- Une voiture roule à 81 km/h. En une seconde, elle parcourt : $81 \div 3\,600 = 0{,}0225$ km, soit 22,5 m. Sa vitesse est donc de : 22,5 m/s.
- Un avion se déplace à 240 m/s. En 1 h, il parcourt : $240 \times 3\,600 = 864\,000$ m, soit 864 km. Sa vitesse est donc de 864 km/h.
- Le débit d'une pompe est de 2,5 L/s ; en une minute elle débite $2{,}5 \times 60 = 150$ L. Son débit est donc de 150 L/min.
- La capacité d'un disque dur est de 1 téraoctet, ce qui correspond à 1 000 gigaoctets ou 10^6 mégaoctets (voir le mémo à la fin du cahier).

1 En voiture

Une voiture roule à 72 km/h.

a. Calcule sa vitesse en m/s. ....

b. En combien de secondes parcourt-elle 100 m ? ....

c. Quelle distance a-t-elle parcourue en une minute ? ....

2 La fusée

La vitesse d'une fusée est de 561 m/s.

a. Donne sa vitesse en km/h. ....

b. Fait-elle plus de 30 km par minute ? ....

3 La sonde New Horizons

La sonde New Horizons envoie vers la Terre des informations sur la planète Pluton au rythme de 700 octets par seconde. Il faut 16 mois pour toutes les recevoir.

Calcule la quantité totale d'information transmise par la sonde (en Go).

....

COUP DE POUCE
Prends des mois de 30 jours.

4 La Loire

Il s'écoule à Saint-Nazaire, dans la Loire, en moyenne environ 56 000 m^3 d'eau par minute.

a. Calcule le débit moyen de la Loire en m^3/s.

b. Combien de m^3 d'eau s'écoule-t-il en 1 h, en 1 jour ?

COUP DE POUCE
On suppose que ce débit est constant.

5 Consommation d'essence

Une voiture a consommé 15 litres d'essence pour parcourir 350 km.

a. Calcule sa consommation d'essence en litres pour 100 km, à 0,1 L près.

b. Quelle distance peut-elle parcourir avec un plein de 45 litres ?

COUP DE POUCE
On suppose que la consommation d'essence est proportionnelle à la distance parcourue.

6 Densité de population

Une commune de 16 830 habitants s'étend sur 51 km^2.

a. Calcule sa densité de population en habitants/km^2.

b. Calcule la superficie moyenne par habitant en ha/habitant, à 0,1 ha près.

INFO
a. La densité de population est le nombre d'habitants par km^2.

7 Un champ de blé

Le rendement d'un champ de céréales est de 75 quintaux à l'hectare. Sachant que le champ mesure 16 ha, combien faudra-t-il de tours avec une remorque de 35 t pour acheminer la récolte dans un silo ?

8 Masse volumique du fer

Un solide en fer de 65 cm^3 pèse 0,51 kg.

Calcule la masse volumique du fer en g/cm^3, à 0,1 g/cm^3 près.

INFO
La masse volumique d'un corps est la masse par unité de volume.

CORRIGÉS P. 25

25 Retrouver l'algorithmique et la programmation

ALGORITHMIQUE ET PROGRAMMATION

Qu'est-ce qu'un test ou une instruction conditionnelle ?

- Un automobiliste (ou un robot qui conduit une voiture) sait ce qu'il doit faire en présence d'un feu tricolore :
si le feu est rouge, **alors** il s'arrête et attend le feu vert pour passer.
Des situations semblables sont fréquentes en programmation.
L'instruction « **si** (condition) **alors** (instruction) » permet de les traiter.

Exemple :

En assemblant et en exécutant le programme ci-contre, on observe que :

- si la condition « réponse = oui » est réalisée, alors l'instruction incluse dans le bloc « Si .... alors… » est exécutée ;
- sinon le programme ignore cette instruction.

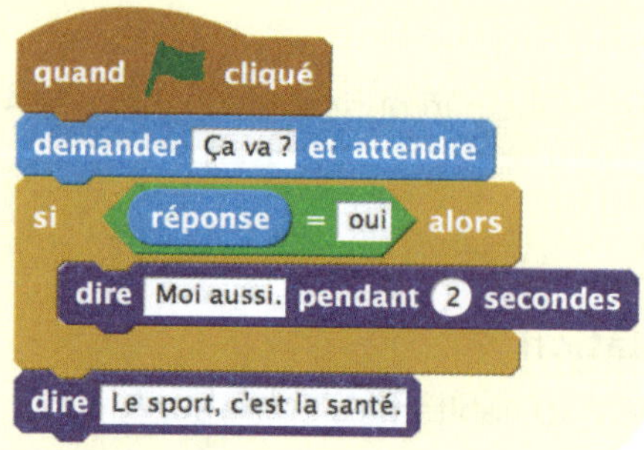

1 L'instruction « si … alors … »

On s'intéresse au programme ci-dessus.

a. Que dit le lutin si la réponse est « oui » ? ....

b. Que dit le lutin si la réponse n'est pas « oui » ? ....

2 « Si … alors… » dans une boucle

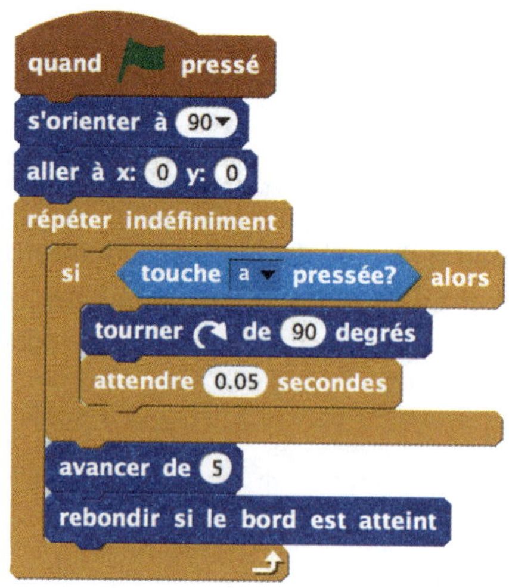

a. Assemble et exécute le programme ci-contre. Lors de l'exécution, appuie de temps en temps sur la touche A.

b. Sans modifier le programme, essaye de piloter le lutin pour qu'il ne se cogne plus sur les bords. Puis essaye de l'amener au centre de la scène pour le faire tourner sur lui-même comme un moulin.

INFO
Selon la version de Scratch, le drapeau vert peut être cliqué ou pressé. L'effet est le même dans les deux cas.

3 Les diviseurs d'un nombre entier

a. Le reste de la division euclidienne de 42 par 5 est : ....

Et celui de la division de 42 par 6 est : ....

b. Dans le langage Scratch, les restes de ces divisions s'expriment à l'aide de l'opérateur « modulo ».

Ainsi 42 modulo 5 = ... ; 42 modulo 6 = ... ; 27 modulo 7 = ... ; 12 modulo 3 = ...

c. Que peut-on dire de deux nombres d et N lorsque (N modulo d) = 0 ? ....

d. Assemble et exécute le programme ci-contre.
Note les diviseurs de 36 trouvés par le programme.

....

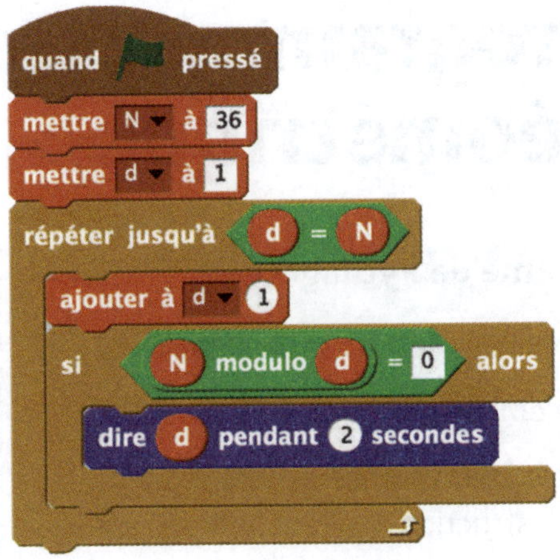

e. Ce programme oublie le nombre 1 qui est pourtant un diviseur de 36. Apporte la correction nécessaire.

f. Modifie encore le programme afin qu'il demande un nombre *N* et donne successivement tous les diviseurs de *N*.
Application : quels sont les 9 diviseurs de 441 ?

....

4 L'instruction « si … alors … sinon »

Règle d'un jeu de dé : Le joueur annonce un nombre *N* choisi parmi {1, 2, 3, 4, 5, 6}. Puis, il lance un dé cubique et gagne si le dé désigne le nombre *N*.

Malheureusement, le dé est perdu !
Mais l'ordinateur est là, et Scratch aussi.
Le programme à assembler doit :
- demander le nombre *N* au joueur ;
- tirer *X* au hasard (ceci remplace le dé) ;
- comparer *X* à *N* ;
- dire « Gagné » ou « Perdu » selon le cas.

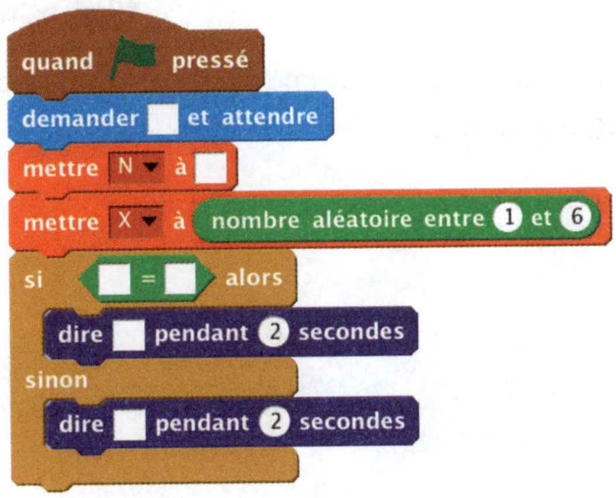

a. Assemble le programme ci-contre en complétant les zones blanches.

b. Exécute pour tester le programme.

5 Chat et chien errant sur la scène

Avec Scratch, on peut programmer deux lutins pour qu'ils exécutent leurs programmes, soit en même temps, soit l'un après l'autre.

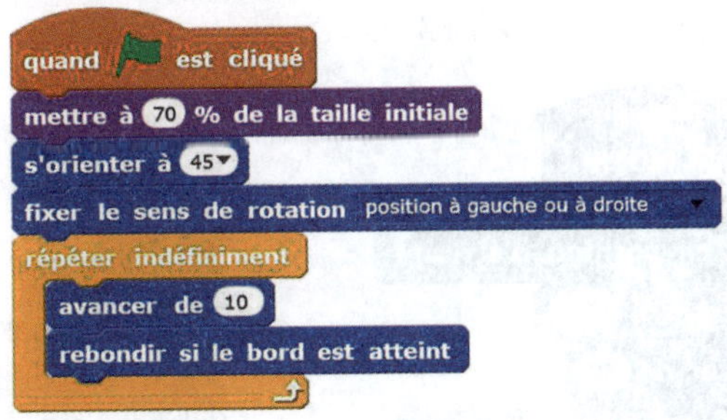

a. Assemble le programme ci-contre pour notre félin habituel, généralement nommé Cat1.

b. Active le lutin Dog2 (chien bleu) et assemble pour lui, dans sa zone de scripts, le même programme, en remplaçant 45 par –45.

c. Par un clic sur le drapeau vert, lance simultanément les deux programmes.

d. Pour sonoriser le spectacle, insère cette instruction dans la boucle du programme du chat.

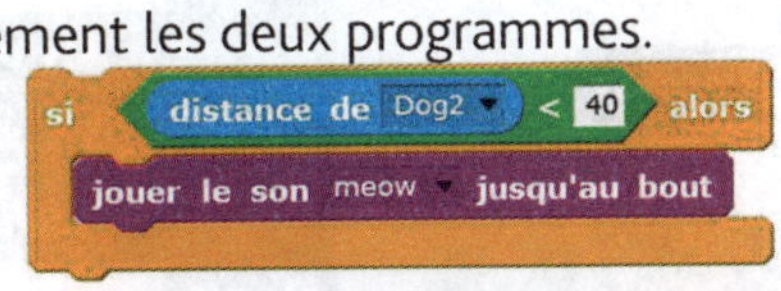

Et celle-ci, pareillement, pour le chien.

e. Lance l'exécution et profite du spectacle, sans modération…

COUP DE POUCE

b. Cherche le nouveau lutin dans la bibliothèque des lutins, et double-clique dessus.
d. Pour charger un nouveau son, clique sur l'onglet « sons » dans la colonne centrale, etc.

CORRIGÉS P. 25

ALGORITHMIQUE ET PROGRAMMATION

26 Programmer une figure géométrique

1 Avec le théorème de Pythagore

```
quand [drapeau] pressé
aller à x: 0 y: 0
cacher
s'orienter à 0
effacer tout
stylo en position d'écriture
avancer de 160
tourner ↻ de 90 degrés
avancer de 160
tourner ↻ de 135 degrés
avancer de 226.27
```

a. Assemble et exécute le programme ci-contre.

Quelle figure obtient-on ? ....

b. Explique pourquoi on avance de 226,27 à la dernière instruction.

....

....

c. Pourquoi faut-il tourner de 135° pour dessiner un angle de 45° ? (Réponds par un schéma.)

d. Sur le modèle donné, écris un programme qui trace le triangle ABC ci-dessous avec AB = 100, AC = 200, $\widehat{BAC} = 60°$, $\widehat{BCA} = 30°$.

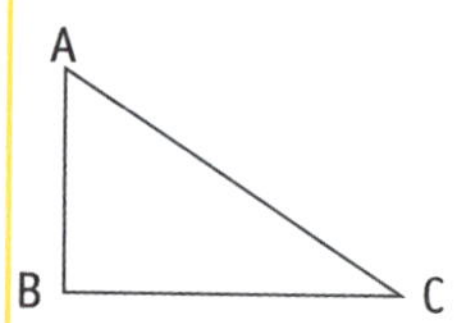

Commence par calculer BC :

....

....

2 Avec des translations

a. Assemble et exécute le programme ci-dessous. (Commence par créer puis définir le bloc que l'on appelle ici MOTIF.)

```
définir MOTIF
stylo en position d'écriture
s'orienter à 60
avancer de 30
tourner ↻ de 90 degrés
avancer de 60
avancer de -30
tourner ↺ de 90 degrés
avancer de 15
```

```
quand [drapeau] cliqué
cacher
effacer tout
relever le stylo
choisir la taille 3 pour le stylo
aller à x: -200 y: 0
MOTIF
relever le stylo
ajouter 30 à x
donner la valeur 0 à y
MOTIF
```

b. Supprime la dernière instruction du programme et insère une boucle « répéter 6 fois » afin d'obtenir une frise de 6 motifs.

INFO
L'instruction « s'orienter à 60° » a pour effet d'incliner le MOTIF.

INFO
On observe ce type de frises sur les façades des églises romanes saintongeaises par exemple.

3 Avec des rotations

a. Assemble et exécute le programme ci-dessous. (Il faut d'abord définir le bloc « DESSIN » et créer la variable *d* qui mémorisera la direction.)

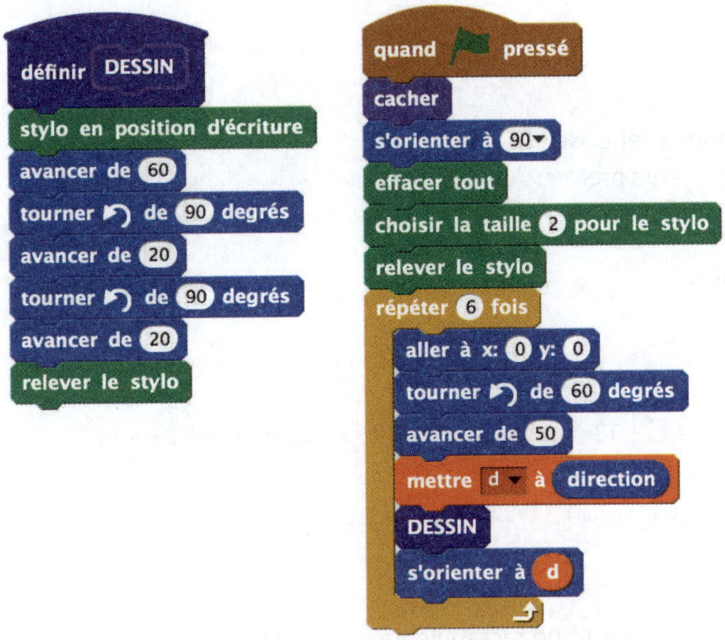

b. On passe d'un dessin au suivant par une rotation d'angle ....

c. Modifie ce programme afin d'obtenir la rosace à 12 pétales ci-dessous.

d. Même travail pour obtenir la rosace à 8 pétales.

e. Même travail pour obtenir une rosace ayant 5 pétales de couleurs différentes. (Utilise l'instruction « ajouter 30 à la couleur ».)

INFO
On peut observer une rosace à 8 pétales dans la verrière de l'église de Périgné dans les Deux-Sèvres.

4 Avec une symétrie centrale

a. Dans le programme donné au début de l'exercice précédent, remplace : 6 fois par 2 fois et 60° par 180°.
Exécute le programme, observe la figure obtenue et complète la phrase :

Les deux dessins sont .... par rapport au point de coordonnées (0 ; 0), origine du repère.

b. Plus généralement, on énonce :

La rotation d'angle .... et de centre A est la ....

CORRIGÉS P. 26

BREVET BLANC 1

Brevet blanc 1

1 QCM numérique

Pour chaque question, choisis la bonne réponse.

1. La décomposition en produit de facteurs premiers de 2 205 est :
   - ❑ a. $3^2 \times 5 \times 49$
   - ❑ b. $3^2 \times 7 \times 35$
   - ❑ c. $3^2 \times 5 \times 7^2$
2. L'expression $\frac{7}{4} - \frac{3}{4} \times \frac{2}{7}$ est égale à :
   - ❑ a. $\frac{43}{28}$
   - ❑ b. $\frac{2}{7}$
   - ❑ c. 1,5357
3. L'expression $\frac{3^4 \times 3^3}{3^8}$ est égale à :
   - ❑ a. 3
   - ❑ b. $\frac{1}{3}$
   - ❑ c. 3^4
4. $(2x - 3)(2x + 4)$ est égal à :
   - ❑ a. $4x^2 - 12$
   - ❑ b. $2x^2 - 12$
   - ❑ c. $4x^2 + 2x - 12$
5. Le nombre premier compris entre 90 et 100 est :
   - ❑ a. 97
   - ❑ b. 91
   - ❑ c. 99

INFO
Ici, tu décomposes un entier en **facteurs premiers** (chapitre 6) ; tu calcules avec des **fractions** (rappel) et avec des **puissances** (chapitre 4) ; tu développes en appliquant une **identité remarquable** (chapitre 9).

2 Trouver l'inconnue

On considère un triangle équilatéral de côté x et un rectangle de côtés x et 4.

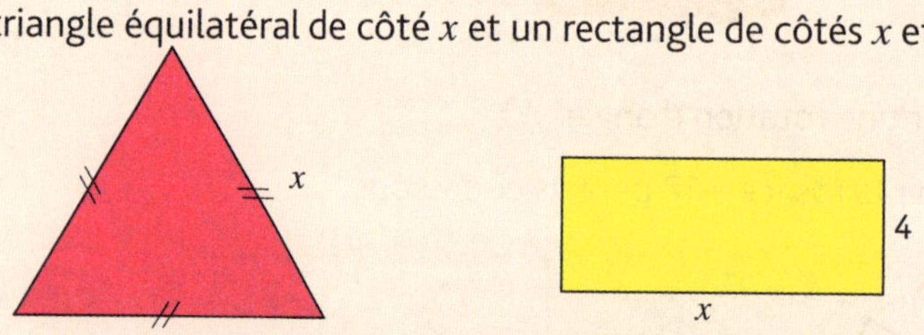

Pour quelles valeurs de x ces deux figures ont-elles le même périmètre ?

INFO
Cet exercice porte sur la résolution d'un problème avec une **équation** (chapitres 2 et 3).

3 Décoder un graphique

La droite d est la représentation graphique d'une fonction affine f.

1. La fonction f est-elle linéaire ? Justifie.
2. Lis sur le graphique l'image de 3 par la fonction f.
3. Lis sur le graphique l'antécédent de 1 par la fonction f.
4. À l'aide du graphique, détermine la solution de l'équation $f(x) = 0$.

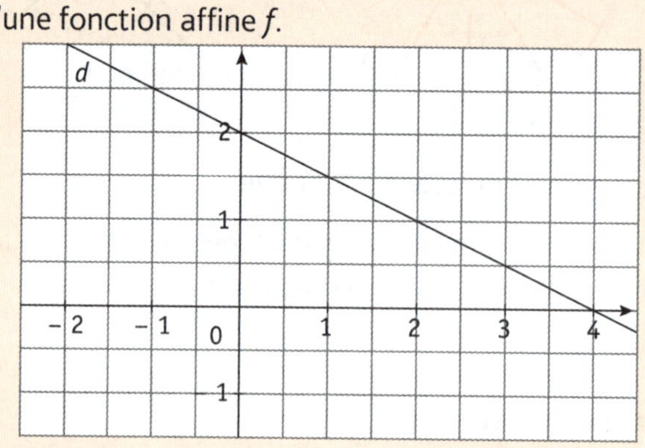

INFO
Es-tu à l'aise avec les **fonctions affines** (chapitre 12) ? C'est le moment de le vérifier.

4 En diagonale

Le solide représenté ici en perspective est un cube.

1. Prouve que le triangle ABC est équilatéral.
2. Construis les milieux des côtés de ABC, directement sur la figure donnée, en utilisant uniquement la règle, donc sans compas et sans mesurer. (Justifie la construction.)
3. On suppose que le côté du cube mesure 6 cm. Calcule le volume de la pyramide OABC (en cm^3).
4. Quel pourcentage du volume du cube représente le volume de la pyramide OABC ?

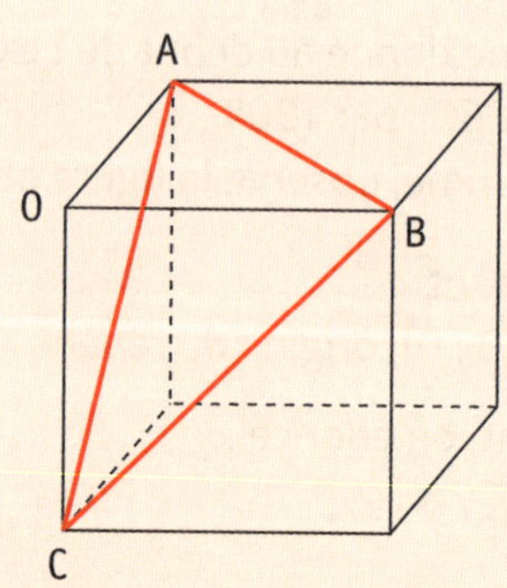

INFO
Voici un exercice de **géométrie dans l'espace** (chapitre 23). Tu te lances ?

5 À la criée

La liste suivante donne le prix d'un kilogramme de merlu pendant une période de 20 jours consécutifs.

8 € – 10 € – 12 € – 8 € – 15 € – 10 € – 8 € – 7 € – 12 € – 11 €
16 € – 10 € – 16 € – 12 € – 7 € – 7 € – 15 € – 9 € – 17 € – 11 €

1. Complète un tableau comme le suivant en rangeant les prix par ordre croissant.

Prix	7 €	8 €	....
Effectifs	3	....	....

2. Calcule le prix moyen *m* du kilogramme de merlu pour cette période.
3. Trouve un prix médian du kilogramme de merlu.
4. Trouve l'étendue de la série statistique.

INFO
Pour réussir cet exercice, tu dois maîtriser les indicateurs **statistiques** (chapitre 14).

6 Jeu de dés

On jette deux dés cubiques ordinaires. Les cas possibles peuvent se représenter dans un tableau.

1. Combien y a-t-il de cas possibles ?
2. Inscris dans chaque case la somme des points obtenus sur les deux dés.
3. Quelle est la probabilité d'obtenir 2 points ? Et celle d'obtenir 8 points ?
4. Complète le tableau suivant par des fractions de dénominateur 36.

Dé 1 / Dé 2	1	2	3	4	5	6
1						
2						
3						
4						
5						
6						

Somme des points	2	3	4	5	6	7	8	9	10	11	12
Probabilité											

5. On dit qu'un jeu est équitable lorsque tous les joueurs ont la même probabilité de gagner.
Tom propose à Jerry : « On va jouer à lancer deux dés et à faire la somme des points obtenus.
Si Somme $\leqslant 6$, tu gagnes. Mais si Somme > 6, je gagne. »
Cette règle est-elle équitable ? Si non, à qui profite-t-elle ?

INFO
Ici, tu calcules des **probabilités** (chapitre 13).

7 Tabulation d'une fonction

Un tableur a été utilisé pour calculer quelques images de x par une fonction f.

B2 | fx =B1*B1+3

	A	B	C	D	E	F	G	H	I	J
1	x	-4	-3	-2	-1	0	1	2	3	4
2	f(x)	19	12	7	4	3	4	7	12	19
3										

1. Quelle est l'image de –3 ? (Réponds sans justifier.)
2. Quels sont les antécédents de 7 affichés sur l'écran ? (Réponds sans justifier.)
3. Quelle est l'expression de $f(x)$? (Réponds sans justifier.)
4. Calcule $f(5)$. (Détaille le calcul.)
5. Dans un repère (unité 1 cm sur (Ox) et (Oy)), place les points A(O ; $f(0)$) ; B(1 ; $f(1)$) et C(–1 ; $f(–1)$). f est-elle une fonction affine ? (Justifie.)

INFO
Et voici un dernier exercice sur la notion de **fonction** et les **fonctions affines** (chapitre 12).

CORRIGÉS P. 27

VERS LE BREVET

Brevet blanc 2

1 QCM géométrique

> **INFO**
> Ici, tu appliques les théorèmes de **Pythagore** (chapitre 19) et de **Thalès** (chapitre 15) ; tu utilises un **rapport de réduction** (chapitre 18) et la **trigonométrie** (chapitre 20).

Pour chaque question, choisis la bonne réponse.

1. La diagonale d'un carré de côté 3 mesure : ❑ a. 6 ❑ b. $\sqrt{18}$ ❑ c. 4,24
2. Un triangle a une aire de 36 cm². On le réduit en divisant ses côtés par 3. Le triangle obtenu a pour aire :
   ❑ a. 12 cm² ❑ b. 6 cm² ❑ c. 4 cm²
3. Sachant que (ED) // (BC) alors AC est égal à :
   ❑ a. $\frac{10}{3}$ ❑ b. $\frac{8}{3}$ ❑ c. 2

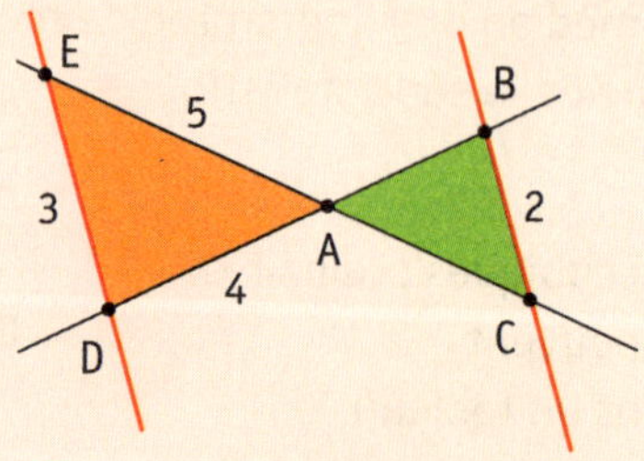

4. Un triangle ABC a pour côtés : AB = 40 ; AC = 41 ; BC = 9. Ce triangle…
   ❑ a. est rectangle en A ❑ b. est rectangle en B ❑ c. n'est pas rectangle
5. Le triangle ABC est rectangle en A. Son hypoténuse mesure 12 cm et son angle $\widehat{B}$ mesure 37°. Alors le côté AC mesure à 0,01 cm près :
   ❑ a. 9,58 cm ❑ b. 7,22 cm ❑ c. 19,94 cm

2 Des chiffres et des lettres

> **INFO**
> Cet exercice porte sur le **calcul littéral** (chapitre 1).

1. Développe :
   $A = (3x + 1)(4 - 3x)$ $B = (y - 5)(y + 6)$ $C = (a + 4)(a - 4)$
2. Factorise :
   $D = 6x + x^2$ $E = y^2 - 4y$ $F = 72 - 9x$

3 Trois fonctions dans un repère

> **INFO**
> Es-tu à l'aise avec les **représentations graphiques** de fonctions (chapitres 11 et 12) ? C'est le moment de le vérifier.

On donne ici les représentations graphiques $\mathscr{C}_1$, $\mathscr{C}_2$ et $\mathscr{C}_3$ de trois fonctions f_1, f_2 et f_3.

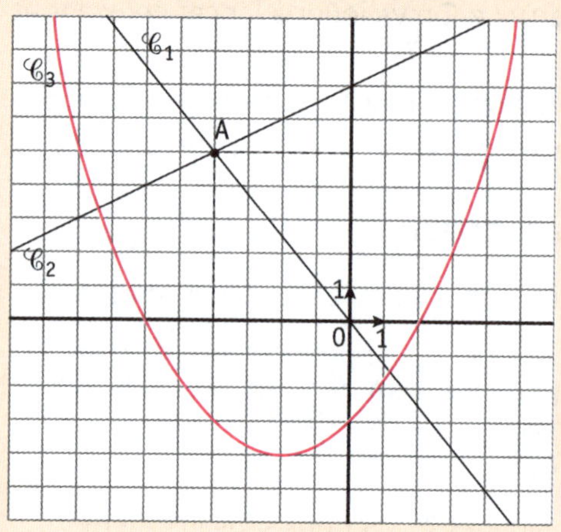

1. Quelle est la fonction linéaire ? (Justifie.)
2. Quelle est la fonction qui n'est pas affine ? (Justifie.)
3. Lis graphiquement les coordonnées du point A.
4. Quel est le nombre qui la même image par f_1 et par f_2 ?
5. Par lecture graphique, trouve les antécédents de 0 par f_3.
6. La fonction f_2 est définie par $x \mapsto \frac{1}{2}x + 7$.
   Détermine, par le calcul, l'antécédent de 0 par f_2.

4 Problème de pelouse

> **INFO**
> Ici, tu manipules des **grandeurs** (chapitre 24).

Pour tondre une pelouse, un microtracteur avance à la vitesse de 3 km/h.
Sa largeur de coupe est 1,10 m.
Quelle surface, en m², aura-t-il tondue en 1 h 20 min ?

5 Au hasard des urnes

INFO
Voici un exercice sur le calcul de **probabilités** (chapitre 13).
Tu te lances ?

Une urne contient 3 boules rouges, 6 boules blanches et 1 boule verte.
On tire une boule au hasard dans cette urne.
On appelle E_1 l'événement « Tirer une boule rouge » et E_2 l'événement « Tirer une boule qui n'est pas blanche ».

1. Quelle est la probabilité de l'événement E_1 ?
2. Quelle est la probabilité de l'événement E_2 ?
3. Quelle est la probabilité de l'événement contraire de E_2 ?

6 Triangles contigus

INFO
Pour réussir cet exercice, tu dois maîtriser la **trigonométrie** (chapitre 20).

La figure est composée de trois triangles rectangles.
On sait que AB = 10 cm, $\widehat{a} = 40°$, $\widehat{b} = 25°$ et $\widehat{c} = 50°$.
Calcule BC, BD et BE à 0,01 cm près.

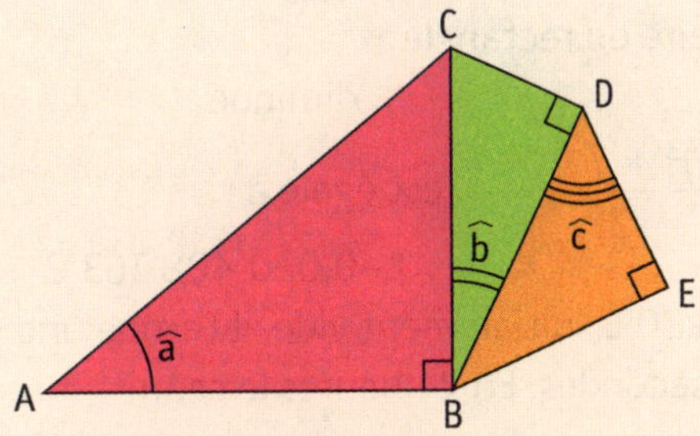

7 Cube et cône

INFO
Cet exercice porte sur la **géométrie dans l'espace** (chapitre 23) et les calculs de **volumes**.

La figure représente un cône inclus dans un cube de 4 cm d'arête.

1. Calcule la longueur SA.
2. Le volume V d'un cône de hauteur h et de rayon de base r est donné par la formule : $V = \dfrac{\pi r^2 h}{3}$.
Calcule le volume du cône.
3. Le cône occupe un certain pourcentage du volume du cube.
Calcule ce pourcentage à 1 % près.

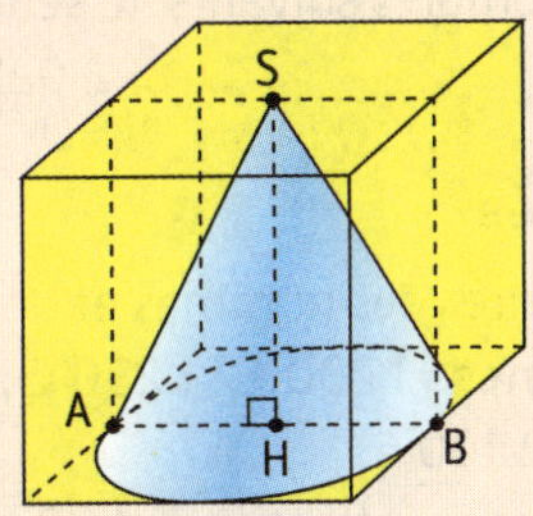

8 Quiz sur Scratch

INFO
Et voici un dernier exercice sur la **programmation** (chapitre 25).

Voici un programme écrit avec le logiciel Scratch.
Pour chaque question, choisis la bonne réponse.

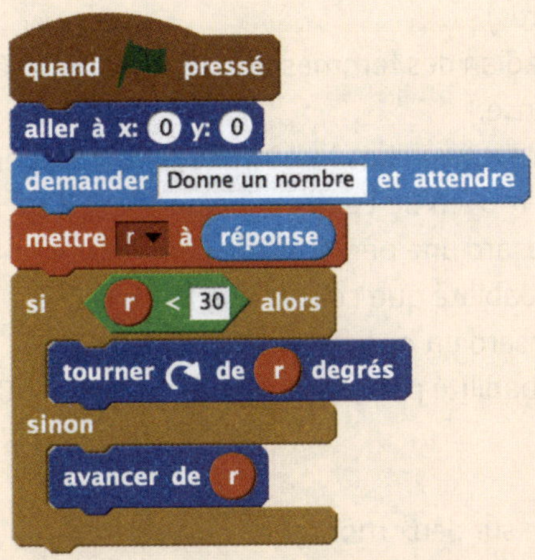

1. Pour démarrer l'exécution de ce programme, on clique sur :
❑ **a.** le drapeau vert ❑ **b.** l'octogone rouge ❑ **c.** le lutin

2. Pour écrire ce programme, on a créé :
❑ **a.** 2 variables ❑ **b.** 1 variable ❑ **c.** aucune variable

3. Le programme demande un nombre. Après avoir choisi 30 alors :
❑ **a.** le lutin va en $x = 0$, $y = 0$ ❑ **b.** le lutin tourne de 30° ❑ **c.** le lutin avance de 30

4. Après avoir choisi 25 alors :
❑ **a.** le lutin va en $x = 0$, $y = 0$ ❑ **b.** le lutin tourne de 25° ❑ **c.** le lutin avance de 25

CORRIGÉS P. 28

BREVET BLANC 3

VERS LE BREVET

Brevet blanc 3

INFO

Ici, tu décomposes un entier en **facteurs premiers** (chapitre 6) ; tu ajoutes et enlèves un taux de **pourcentage** (chapitre 11) ; tu calcules avec des **puissances** (chapitre 4) ; tu manipules des **grandeurs** (chapitre 24) ; tu utilises les **critères de divisibilité** (chapitre 7).

1 Au choix

Pour chaque question, choisis la bonne réponse.

Aucune justification n'est demandée.

1. La décomposition en facteurs premiers de 1 050 est :

❑ **a.** $5^2 \times 6 \times 7$ ❑ **b.** $2 \times 3 \times 5^2 \times 7$ ❑ **c.** $3 \times 5 \times 7 \times 10$

2. Si dans un rectangle on diminue la largeur de 37,5 % et que l'on augmente la longueur de 60 % alors l'aire du rectangle :

❑ **a.** augmente ❑ **b.** diminue ❑ **c.** ne change pas

3. L'expression $\dfrac{(7^2)^3 \times 7^{-4} \times 7}{7^5}$ est égale à :

❑ **a.** 7^{-2} ❑ **b.** 0,020 408 163 2 ❑ **c.** 7^0

4. Dans un seau de 20 L, initialement vide, il tombe une goutte d'eau de 0,5 cm^3 toutes les deux secondes. En 24 heures le seau :

❑ **a.** déborde ❑ **b.** est à peine à moitié plein ❑ **c.** est à peine aux 3/4 plein

5. Parmi les trois nombres suivants, le seul nombre divisible par 3 et 5 est :

❑ **a.** 2 019 ❑ **b.** 2 025 ❑ **c.** 2 020

INFO

Pour réussir cet exercice, tu dois maîtriser les notions du programme relatives aux **statistiques** (chapitre 14) et aux **probabilités** (chapitre 13).

2 Salaires comparés

On a étudié les salaires des hommes et des femmes dans une même entreprise.

• **Salaires des femmes :** 1 200 € ; 1 230 € ; 1 250 € ; 1 310 € ; 1 390 € ; 1 410 € ; 1 418 € ; 1 500 € ; 1 700 € ; 2 100 €.

• **Salaires des hommes :** effectif total 20 ; moyenne : 1 789 € ; médiane : 2 000 €.

Les salaires des hommes sont tous différents (ainsi la médiane n'est pas une valeur de la série des salaires).

1. Pour le salaire médian des femmes on propose 1 400 €. Est-ce justifié ? (Explique la réponse.)

2. Compare le salaire moyen des hommes et celui des femmes.

3. Calcule le salaire moyen de l'entreprise.

4. On désigne au hasard une personne de l'entreprise. Quelle est la probabilité que ce soit une femme ?

5. On désigne au hasard un homme de l'entreprise. Quelle est la probabilité pour qu'il gagne moins de 2 000 € ?

INFO

Es-tu à l'aise avec les théorèmes de **Pythagore** (chapitre 19) et **Thalès** (chapitres 15 et 16) ? C'est le moment de le vérifier.

3 Menuiserie

On fixe des étagères sur deux montants, l'un vertical, l'autre oblique.

1. En utilisant les données de la figure ci-contre, démontre que OR mesure 84 cm.

2. L'étagère AB est fixée comme indiqué sur la figure ci-contre. Est-elle parallèle au sol ?

3. Calcule la longueur de l'étagère AB.

4. Les étagères sont espacées régulièrement. Donne la longueur de l'étagère la plus haute.

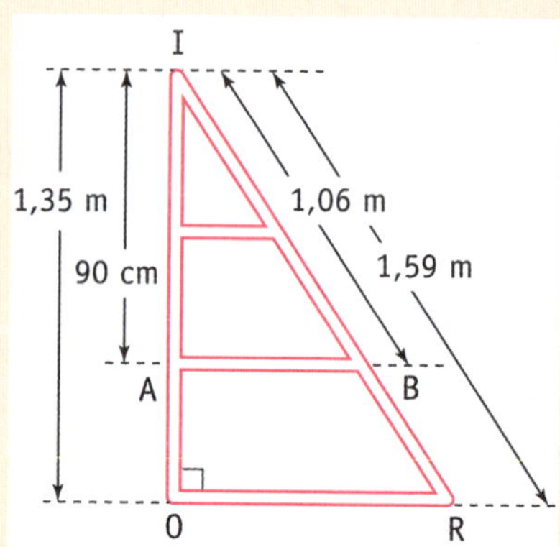

INFO
Cet exercice porte sur les **fonctions affines** (chapitre 12).

4 Tabulation d'une fonction

On a utilisé un tableur pour calculer les images de différentes valeurs de x par une fonction affine f. Une copie de l'écran obtenu est donnée ci-dessous.

B1 f_x -3

	A	B	C	D	E	F	G	H	I
1	x	-3	-2	-1	0	1	2	3	4
2	f(x)	-14	-11	-8	-5	-2	1	4	7

1. Quelle est l'image de -3 par f ?
2. Quel est l'antécédent de 1 par f ?
3. Donne $f(0)$ puis détermine l'expression de $f(x)$.
4. Calcule $f(2\,023)$.

INFO
Voici un exercice sur les **puissances de 10** (chapitre 5) et les changements d'**unités** (chapitre 24).
Tu te lances ?

5 Histoire d'octets

Le tableau ci-contre permet de comparer un micro-ordinateur de 1987 et un autre de 2017.
On considère que : 1 Mo = 1 000 ko ; 1 Go = 1 000 Mo ; 1 To = 1 000 Go.

	Mémoire centrale	Disque dur
1987	256 ko	64 Mo
2017	8 Go	?

1. Que signifient les symboles ko, Mo, Go et To ?
2. En 30 ans, par combien la capacité de la mémoire centrale a-t-elle été multipliée ?
3. La capacité du disque dur a « seulement » été multipliée par 15 625.
Calcule, en To, la capacité du disque dur de 2017.

INFO
Un dernier exercice de **géométrie dans l'espace** (chapitres 20 et 22) et te voici fin prêt pour le brevet !

6 Un cercle sur une sphère

Sur une sphère de centre O et de rayon 25 cm, on pique un compas en un point A et on trace un cercle avec un écartement de 14 cm (figure de gauche).
Sur la figure géométrique (figure de droite), le cercle tracé sur la sphère est vu de profil.
Il a pour centre H et pour rayon HB. Le problème consiste à calculer ce rayon.

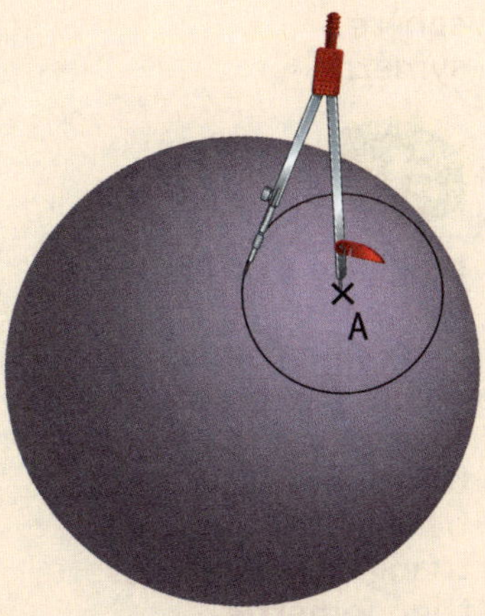

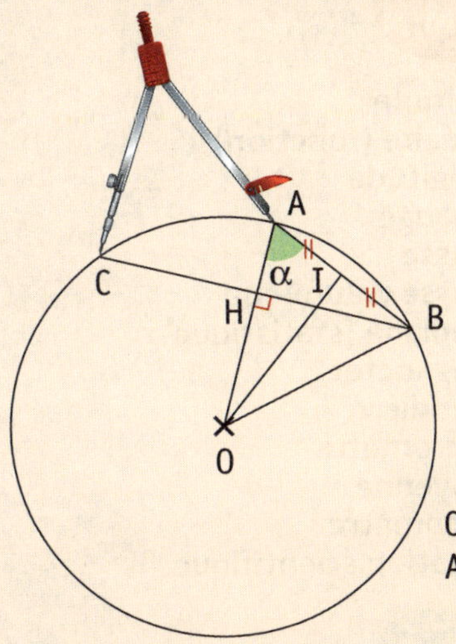

1. Soit I le milieu de [AB]. Justifie que la droite (OI) est la médiatrice du segment [AB].
Déduis-en que le triangle OIA est rectangle en I.
2. On note α l'angle $\widehat{OAB}$. Calcule $\cos(\alpha)$, en considérant le triangle OIA.
3. Exprime $\cos(\alpha)$ en fonction de HA, en considérant le triangle AHB.
4. Calcule HA.
5. Calcule finalement le rayon du cercle tracé sur la sphère.

CORRIGÉS P. 29

Les mots clés

d. au début du cahier
f. à la fin du cahier